El DETECTIVE Zacarías

Peligro en el Campamento de los Dinosaurios

EDITORIAL PATMOS

Ilustrado por
Lad Odell

Escrito por
Jerry D. Thomas

Dedicación

Para aquellos que me conocieron antes de yo ser "alguien" como escritor, y cuyo estímulo me ayudó a cambiar eso:

Aileen Andres Sox
(Publicó mi primera historia para niños),
Chris Blake,
Barbara Coffen,
Kermit Neteburg,
Cec Murphey,
Elaine Grove,
y a mi hermano, David.

Por lo menos, todos sabrán a quien echarle la culpa.

Libros en esta serie

1. El Detective Zacarías: Los secretos del diluvio de Noé
2. El Detective Zacarías: El misterio de la Montaña Relámpago
3. El Detective Zacarías: Peligro en el Campamento de los Dinosaurios
4. El Detective Zacarías: Los secretos en la arena
5. El Detective Zacarías: El misterio del sombrero rojo
6. El Detective Zacarías: El misterio del pesebre desaparecido

Índice

Uno

De regreso a la tienda de campaña

Ya hay un misterio

Es difícil escribir a la luz de la fogata del campamento. ¡Ay! Especialmente cuando los mosquitos te tratan como una almohada de alfileres. Estaba escribiendo en mi tienda de campaña, pero se había colado un mosquito. Le seguí la pista y lo maté con mi linterna. De hecho, ahora la linterna no trabaja. ¿Realmente picarían los mosquitos a los dinosaurios? Tendré que preguntarle al Profesor Huesos.

¡Ah! Si esta cantidad de mosquitos existían cuando los dinosaurios vivían aquí, con razón se murieron todos los dinosaurios. Probablemente se quedaron sin sangre.

Con la excepción de los mosquitos, me gusta este campamento. Por un lado hay una pared del cañón que sube derechita hacia arriba y el río está tan cerca que lo puedo escuchar todo el tiempo. Con la excepción del sonido del río, aquí es muy silencioso. No como esta tarde cuando llegamos.

La gente estaba gritando, el polvo volaba, las luces del coche del alguacil prendían y apagaban, ¡fue divertido observarlo!

—Se han robado nuestro radio, —dijo un hombre que estaba

cerca de un remolque marrón—. Y también era caro. Guardabosque, espero que usted lo encuentre.

Una mujer en uniforme de guardabosque levantó la mano. —Alguacil Torres, lo lamento, —dijo ella—. Odio tener que traerlo hasta aquí, pero parece que tenemos un ladrón en el campamento.

—Ya estaba aquí, Guardabosque Martínez. Lo más probable es que quien se lo llevó está aquí en los alrededores de este campamento. Así que si hay alguien aquí, como uno de ustedes niños, que ya esté arrepentido de lo que haya hecho, porque no lo devuelven y todos regresaremos a nuestras vacaciones.

El alguacil se dio vuelta y miró a cada uno de los niños que estaban presentes. Cuando miró a mi hermana y a mí, levanté mi mano. —Oiga, no me mire a mí. Yo acabo de llegar.

El Alguacil Torres alzó las cejas y casi se sonrió. Entonces aclaró su garganta. —Padres, velen a sus hijos. Guardabosque Martínez, vamos a hablar en la estación de guardabosque.

—¿Qué está sucediendo? —le preguntó mi hermana Karen a un chico que estaba cerca. Luego descubrí que se llamaba Luís.

El chico encogió los hombres. —Mi familia acaba de llegar hace unas horas. Sólo sé que dos o tres personas reclaman que les han robado cosas de sus tiendas de campañas.

—¿Falta algo de tu campamento? —le pregunté.

Luís respondió con la cabeza. —Me temo que el guardabosque piense que yo soy el ladrón, porque las cosas comenzaron a desaparecer después que nosotros llegamos.

Pensé en eso. —¿Desaparecieron entonces, o fue cuando la gente se dio cuenta que ya no estaban?

¡De repente! Castañeteo los dedos. —Oye, eso es correcto. Ambas personas andaban esta mañana en una excursión. Regresaron al mismo tiempo que llegamos nosotros. Y ahí fue cuando notaron que faltaban las cosas.

—Así que el ladrón puede haber robado las cosas en cualquier momento cuando ellos no estaban, —le dije—. Ves, yo sabía que tú no lo habías hecho.

—Gracias, —dijo Luís—. Ahora todo lo que tengo que hacer es convencer al guardabosque. —Señaló hacia otro campamento—. Creo que ellos lo hicieron.

Karen y yo miramos hacia el campamento.

Luís siguió. —Esas tiendas de campaña están llenas de adolescentes ruidosos y fastidiosos. Los he escuchado gritándose uno al otro desde aquí. Y esta tarde el guardabosque tuvo que decirles que bajaran la música.

Mientras mirábamos, un chico con el pelo negro y todo revolcado, salió de la tienda de campaña con audífonos y siguió bailando hacia el río. Karen hizo un gesto con la cabeza. —¿Por qué hace eso la gente? ¿Por qué vienen desde tan lejos a un bosque para escuchar la misma música y hacer lo mismo que hacen en sus hogares?

Tenía que estar de acuerdo con Luís. Los adolescentes estaban al principio de mi lista de sospechosos.

—¿Niños, van a ir a las aguas bravas para montarse en las balsas? —Un señor sostenía unas hojas, tenía una insignia de una balsa roja en la camisa. El nombre "Beltrán" estaba cosido al otro lado. Él dijo: —Asegúrense de tomar el viaje en balsa del Río Rojo mientras estén aquí. No se pierdan la oportunidad de navegar en el Manantial de Aguas Calientes.

—Gracias, —dije mientras todos tomamos una hoja—. En algún momento de esta semana vamos a hacer un viaje en balsa.

—Espero que sea con nosotros, —dijo Beltrán mientras se iba.

—Se supone que yo también voy a viajar en balsa, —dijo Luís. Resulta que la familia de Luís está aquí por la misma razón que la mía. Su tienda de campaña roja y azul está a solo unos espacios de la nuestra.

¿Entonces, por qué estoy luchando contra los mosquitos en la Tierra de Dinosaurios? Es una larga historia. El viento está soplando el humo de la fogata hacia mí, sostendré mi aliento y escribiré lo más rápido que pueda. (¡Escucha, por lo menos el humo mantiene a los mosquitos alejados!)

En la escuela este año, parece que todos hablaban acerca de los dinosaurios. Y yo también. Creo que el tyrannosaurus rex era grandioso. Pero el brachiosaurus es mi favorito. Era tan grande, y con el cuello tan largo, alzaba la cabeza y la metía entre los árboles como un submarino alza un periscopio.

Roberto y yo, y Simón, un chico que se acaba de mudar a nuestra vecindad, jugamos mucho a los dinosaurios en el bosque. Pero cada vez que hablamos acerca de los dinosaurios, discutimos.

—Me hubiera gustado haber vivido en los tiempos de los dinosaurios, —dije un día.

—¡Ja! —Rió Simón—. Eso es una loquera. Todo el mundo sabe que los dinosaurios vivieron miles de años antes de que existiera la gente.

—Sólo lo deseo, —respondí—. Además, la Biblia dice que Dios creó todo en seis días. Así que la gente y los dinosaurios tienen que haber existido a la misma vez.

—Mira, —dijo Simón—, los científicos pueden probar que los dinosaurios vivieron millones de años antes de que hubiera gente.

Sabía que la palabra correcta para un científico que estudia huevos y fósiles es un *paleontólogo* (pa-le-on-tó-lo-go). Pero no dije nada.

Simón siguió hablando. —La Biblia no puede estar correcta. Pero a quién le importa, vamos a jugar antes de que me tenga que ir.

Bueno, a mí me importa. Después que Simón se fue, supe que a Roberto también le importaba. —¿Zacarías, crees que Simón tiene razón acerca de los dinosaurios? ¿Crees que la Biblia está errónea?

Roberto pensaba que las historias de la Biblia eran cuentos de hadas y que los científicos lo podían probar. Pero después que le enseñé evidencias científicas que sostienen la historia del diluvio de Noé, decidió que la Biblia era verdad.

Me encogí de hombros. —Yo creo que la Biblia es verdad, pero no creo que dice algo de los dinosaurios. Verdaderamente no sé como los paleontólogos que cree en la Biblia explican a los dinosaurios. Me gustaría saber cómo averiguarlo.

—Sí, —estuvo de acuerdo Roberto—, ahora no hay dinosaurios para estudiarlos. ¿Y cuánto puedes aprender de un montón de huesos y fósiles? Creo que nunca lo sabremos.

Pensé que Roberto tenía razón acerca de los dinosaurios. Surge que puede que ambos estemos equivocados.

Tan pronto el humo desapareció para poder respirar, otro mosquito me picó. Todavía no he explicado dónde estamos o por qué estoy escribiendo en mi cuaderno a esta hora, pero eso tendrá que esperar. Regreso a la tienda de campaña.

Descubrimientos y claves

Palabras para recordar

Paleontólogo: Un científico que estudia huesos y fósiles para aprender acerca de los animales y las plantas que vivieron hace mucho tiempo

Claves de dinosaurios

Si los dinosaurios vivieron hacen millones de años, ¿cómo puede la historia de la creación en la Biblia ser cierta?
Si la historia de la Biblia es cierta, entonces los dinosaurios y la gente vivieron a la misma vez.

Dois

Campamento de los Dinosaurios

¿Una manada de qué?

Algo me despertó de un sueño profundo. Eché una ojeada a través de mis pestañas lo suficiente para ver que apenas había luz. Cuando lo único que escuché fue el río, casi vuelvo a dormir.

Entonces volví a escucharlo. Alguien estaba gritando y se estaba acercando. Esta vez, quedé sentado y extendí mi mano hacia el cierre de la tienda de campaña.

—¿Qué está sucediendo? —preguntó Karen mientras me pasaba por el lado.

—No sé. Si pudiera conseguir que este cierre se moviera, podríamos enterarnos. Ella tiró del otro lado y por fin el cierre de la puerta se abrió. Ambos sacamos nuestra cabeza lo más que pudimos para ver un grupo de personas mal vestidas y con el pelo alborotado.

—¡Lo ví allá a lo alto! —casi gritaba una mujer. Señaló hacia un cañón con un camino que le daba la vuelta hasta llegar a la *meseta* (tope plano de una montaña).

—¿Qué? —preguntó alguien, tratando de calmarla—. ¿Usted vio qué?

—Estaba llegando casi a la meseta, y los primeros rayos del sol se reflejaban en las paredes del cañón. Escuché un ruido extraño, como algo arrastrándose sobre las rocas. Entonces lo vi. Tenía un cuello largo, como el tronco de un árbol y una cabeza pequeña. Su mandíbula abría y cerraba.

—Ella tiene que haber estado sonámbula, —susurró Karen.

La amiga trató de calmarla otra vez. —¿Está segura? Puede que haya sido un árbol moviéndose en el viento.

—¿Lo vio realmente? —preguntó otra persona.

—Realmente, no, —admitió la señora—. Sólo vi su sombra contra la pared del cañón. ¡Entonces comenzó a perseguirme! Escuché pasos fuertes en la parte de arriba del cañón. ¡Sonaba como una gran manada! Así que corrí.

Por un minuto todos se quedaron en su lugar. Finalmente, alguien hizo la pregunta que yo tenía. —¿Una gran manada de qué?

La señora se cubrió la cara. —Ustedes van a pensar que estoy loca, ¡pero era un dinosaurio!

La mayoría de la gente trató de disimular la sonrisa. Pero Karen no pudo y se rió a carcajadas. —¡Ha! ¡Ahora sé que todavía estaba dormida y soñando!

—No estoy loca, —le dijo la señora a sus amigos—. Fue uno de esos dinosaurios con el cuello largo.

—Está bien, —le dijo su amiga—. Vamos a preparar desayuno.

—¡Yo voy a empacar! —Dijo la señora—. Mi familia no va a quedarse en este lugar ni un solo minuto más. No con una gran manada de dinosaurios que matan corriendo sueltos por ahí.

Después de eso, todos regresaron a sus tiendas. Karen y yo volvimos a acostarnos en nuestros sacos de dormir. —¿Qué crees que vio? —pregunté.

—¿Quién sabe? El sol tiene que haber estado alumbrando directamente a sus ojos. No hay forma de que haya dinosaurios rondando allá fuera. ¿O los hay?

Al rato, cuando vimos a Luís nos hizo la misma pregunta. —Esa mujer tiene que haber estado **grazy** en la cabeza, —dijo Luís.

Karen y yo lo miramos fijamente. —¿Qué?

Luís se sonrió abiertamente. —***Grazy****.* Es inglés para la palabra loca. Ella tiene que haber estado loca en la cabeza. En este lugar no hay dinosaurios, ¿no es verdad?

—Están equivocados.

Todos giramos para ver quién estaba hablando. Era el Guardabosque Martínez, que venía montada a caballo. —Cientos de dinosaurios han sido encontrados en estos lugares, —dijo ella.

—Usted quiere decir los fósiles verdaderos de dinosaurios. Estos dinosaurios son verdaderos, pero han estado muertos por muchos años. La mayoría de los científicos creen que cincuenta o sesenta millones de años.

—¿Guardabosque Martínez? —Preguntó Karen—, ¿qué cree que vio la señora esta mañana?

El Guardabosque se sonrió. —Como le he estado diciendo a la gente toda la mañana, aquí no hay dinosaurios vivos ni en ningún otro lugar sobre la tierra. Hay coyotes, algunas veces hasta lobos y leones de montaña, pero nunca dinosaurios. No sé lo que ella vio, pero tiene que haber estado confundida por la luz temprana de la mañana.

—¿Alguna otra persona ha reportado ver algo semejante? —pregunté.

Ella se encogió de hombros. —La gente ha estado viendo cosas extrañas desde que esta tierra se convirtió en un parque nacional. Creo que a la gente le gusta que sea misteriosa a causa de todos los huesos de dinosaurios. Creo que les gusta un buen susto. Sin embargo, todavía no hemos perdido a ningún niño a los dinosaurios, y tampoco va a suceder este verano. Espero que tenga un día divertido.

Ella camino con su caballo hacia otro campamento, probablemente para responder a las mismas preguntas.

—Ves, sabía que tenía razón, —dijo Karen.

—Escuché lo que ella dijo, —estuve de acuerdo—. ¿Pero escuchaste lo que ella no dijo?

Karen puso sus manos sobre sus caderas. —¿Cómo vamos a escuchar algo que ella no dijo?

—Sí, —Luís estuvo de acuerdo—. ¿De qué hablas?

Levanté mis manos hacia el cielo. —Le pregunté si alguna otra persona había reportado haber visto algo como lo que vio la señora esta mañana. El Guardabosque Martínez no lo negó.

Ambos comenzaron a pensar. —Pero ella... —comenzó Karen, entonces se detuvo.

—Ella dijo que la gente ha visto muchas cosas extrañas, —recordó Luís.

—Creo que debemos hacer planes para explorar el cañón, —les dije—. Y pronto, antes de que algo borre las huellas que hayan.

Luís estuvo de acuerdo de encontrarse con nosotros después del almuerzo.

Mientras sacaba agua de la pompa para cocinar el almuerzo, recordé lo otro que dijo el Guardabosque Martínez que no me gustó. Ella dijo que los dinosaurios habían existido hace cincuenta o sesenta millones de años.

Ella me recordó a Simón de donde vivimos.

Necesito terminar de explicar que estamos haciendo aquí.

Después que Roberto y yo hablamos acerca de los dinosaurios y de la Biblia, esperé hasta la hora de la cena para preguntarle a mamá y a papá.

Esperé hasta que papá se metiera a la boca una cuchara de papas majadas. —¿Por qué es que la Biblia miente acerca de los dinosaurios? —pregunté. Él casi se ahoga. Mamá casi deja caer el tenedor.

—Bueno, no creo que realmente mienta, —dije enseguida, antes de que pudieran responder—. Es que no dice absolutamente nada. ¿Por qué Dios no nos habló acerca de los dinosaurios?

Papá por fin tragó. —Bueno, Zacarías, esa es una buena pregunta. Especialmente que la Biblia enseña que el mundo fue creado solamente hace unos cuantos miles de años atrás. La última vez que fuimos camping averiguamos un poco acerca de los dinosaurios.

—Pensé que todos los dinosaurios habían muertos durante el diluvio de Noé, —dijo mi hermano menor.

—Eso fue lo que yo pensé también, —dije—. Pero Simón se rió de eso. Dijo que los científicos pueden probar que los dinosaurios vivieron hace millones de años antes de que hubiera gente. ¿Pueden los científicos probar eso?

Papá tomó otro bocado mientras mamá respondía. —Roberto piensa que los científicos pueden probar que el diluvio nunca sucedió, pero nosotros aprendimos lo contrario. Creo que nosotros podemos averiguar lo mismo otra vez.

La señalé con el tenedor. —¿Pero como podemos averiguarlo? ¿A dónde podemos ir? No es como ir al zoológico de los dinosaurios y ver por nosotros mismos.

—Oye, yo también quiero ir al zoológico de los dinosaurios, —dijo Alex—. ¿Mamá, podemos ir? ¿Podemos?

Karen rodó sus ojos. —Alex, no hay tal lugar. Los dinosaurios están muertos.

—Puede que todavía estén en un zoológico. Lo único es que están en un zoológico de dinosaurios muertos, —argumentó.

—Alex tiene razón —los interrumpí para decir—. Hay dinosaurios en zoológicos que se llaman museos.

Alex le sacó la lengua a Karen. —Ves, nosotros podemos ir. ¿Verdad que sí, mamá?

Mamá suspiró. —No, Alex. Si vas a discutir con tu hermana, no te voy a llevar a ningún lugar.

—Lo lamento, —susurró.

Papá se aclaró la garganta. —Zacarías, voy a ver lo que puedo averiguar acerca de los dinosaurios. Puede que haya un libro que podamos leer o algo.

Unas semanas después, papá tenía un anuncio.

—Zacarías, encontré cómo buscar información acerca de los dinosaurios y la Biblia.

—¿Un video o libro nuevo? —adiviné.

—No, no es un video. Vamos para un campamento.

—¿Campamento? —pensé en el Campamento Montaña de Truenos—. Eso es grandioso. ¿Pero todos vamos a ir?

Papá rió, —No es un campamento de verano. Es el Campamento de los Dinosaurios.

—¡Campamento de los Dinosaurios! —gritó Alex. —¿Los dinosaurios acamparan con nosotros?

De hecho, le dijimos que no. Pero ahora no estoy seguro.

Tres

Claves en el cañón

Nosotros mismos explorando

El Campamento de los Dinosaurios no es como el campamento de verano para niños. Realmente es una escuela de verano para maestros y otros adultos que quieren aprender más acerca de los dinosaurios. Esta vez se estaba llevando a cabo en el Monumento Nacional de Dinosaurios en Colorado.

Siete familias, incluyendo la familia de Luís, estaban en el Campamento de los Dinosaurios. La primera reunión fue en el almuerzo. Nos reunimos en una de las mesas de merienda y un señor de pelo blanco se puso de pie para hablar.

—Bienvenidos al Campamento de los Dinosaurios, —dijo—. Soy el Profesor Huesudo.

Él se sonrió con Luís, con Karen y conmigo lo cual estábamos sentados en la primera fila—. Mis amigos me llaman Profesor Huesos.

—Tremendo nombre para una persona que trabaja con fósiles de dinosaurios, —susurró Karen.

El Profesor Huesos continuó. —Esta semana, estaremos explorando evidencias de que los dinosaurios verdaderamente existían sobre la tierra, y veremos cómo los dinosaurios pueden que hayan sido parte de la historia de la creación en la Biblia.

Saqué mi cuaderno.

—Primero, —dijo el Profesor Huesos—, unas cortas palabras acerca de nuestro campamento. En 1909, cerca de aquí, un paleontólogo encontró ocho pedazos de la espina dorsal de un apatosaurus. Los huesos estaban pegados a una piedra arenisca gigante. En aquel entonces, era una piedra sólida, pero en algún momento en el pasado, debe de haber sido una enorme barra de arena en un gran río.

—¿Encontró alguna vez el resto del apatosaurus? —alguien preguntó.

—Encontró más de uno, —respondió el Profesor Huesos—. Esos huesos de dinosaurios, amontonados y cubiertos de légamo cerca del río, se convirtieron en el descubrimiento más grande de dinosaurios de la historia. Desde entonces, más de 350 toneladas de huesos de dinosaurios han sido escavadas de las capas de roca.

—Wow, —dijo Luís—. Tienen que haber venido de muchos animales, aunque hayan sido dinosaurios. ¿Profesor Huesos, eran todos los huesos de apatosaurus?

—No, aquí se han encontrado más de catorce diferentes clases de dinosaurios. Van a poder ver las diferentes clases cuando vayamos a los Jardines de Dinosaurios. Y van a poder ver a los paleontólogos trabajando cuando visitemos el Centro de Visitantes en la Cantera.

—¿También podemos nosotros cavar huesos de dinosaurios? —preguntó Karen.

El Profesor Huesos lo negó con la cabeza. —No, el único lugar donde los huesos de dinosaurios pueden ser encontrados alrededor de aquí es la cantera misma. Hay lugares en Montana o en Alberta, Canadá donde podríamos buscar fósiles y huesos nosotros mismos. Pero aquí en el Parque Nacional de Dinosaurios, tendremos que conformarnos con mirar a otros cavar.

—¡Ayyyyy! —gemimos todos.

—No se preocupen, —dijo él—. Estaremos balseando en el río, explorando cañones y cuevas, y buscando pinturas de indios en las paredes de piedras. Vamos a estar divirtiéndonos con toda clase de diversiones.

Nos pusimos de acuerdo para ir a la cantera esa tarde. Cuando terminó la reunión, corrimos tras el Profesor Huesos.

—Profesor Huesos, —dije—, mi nombre es Zacarías. Karen y Luís y yo estamos tratando de averiguar todo lo que podamos acerca de los dinosaurios y cómo vivieron. ¿Puede usted decirnos más?

El se sonrío con nosotros. —¿Qué quieren ustedes, crédito adicional? No se preocupen, no tendrán que tomar una prueba al final de la semana.

Karen dio una patada. —¡Usted está bromeando con nosotros! Sabemos que no hay ninguna prueba. Sólo queremos saber más.

—Sí, sí, —respondió—, discúlpenme. Debí haber sabido que ustedes son curiosos. Está bien, ¿qué quieren saber?

—Ya que usted mencionó al apatosaurus, —sugerí—, háblenos de ese.

El Profesos Huesos volvió a sentarse a la mesa de merienda.

—¿Me puedes prestar tu cuaderno? —me preguntó. Se lo dí. ¿Quién mejor que él para escribir en mi cuaderno?

Sacó un lápiz de su bolsillo y abrió el cuaderno a una página en blanco. —Lo que llamamos apatosaurus, se parece a esto, —dijo, dibujando mientras hablaba—. Están emparentados con el brachiosaurus. Tienen el cuerpo grande y el cuello bien, bien largo.

Pensé en el dinosaurio que vio la señora extraña. —¿En que lugar vivía? ¿En un lugar como este? —señalé hacia los acantilados y los arbustos.

—No, no. El brachiosaurus vivía cerca del agua, posiblemente parte del tiempo dentro del agua. Con su cuello largo, podía alcanzar los árboles más altos y las ramas más lejanas.

—Sus fosas nasales estaban en la parte de arriba de la cabeza, como en algunas ranas. Esto hacía posible que pudieran respirar con la punta de la nariz fuera del agua. Por lo menos, algunos podían. Otros eran tan grandes, que parece imposible que pudieran respirar si sus cuerpos estaban bajo agua.

—¿Cómo eran de grandes? —preguntó Luís.

El Profesor Huesos frunció el ceño. —Es difícil saber con seguridad. Pero en el Jardín de los Dinosaurios, hay un esqueleto de acero de un diplodocus (di-plo-do-cus), otro pariente del brachiosaurus. El esqueleto está basado en huesos que fueron cavados aquí. Tiene setenta seis pies de largo y veintiún pies de alto.

—¿Y podía nadar? —preguntó Karen.

—Creemos que el diplodocus podía, —añadió el Profesor Huesos—. Pesaba menos que los demás, y probablemente se quedaba bajo agua la mayor parte del tiempo para esconderse de sus enemigos. —Se levantó de un salto—. Lamentablemente tengo que irme. Volveremos a hablar en la cantera.

—Necesitamos empezar a explorar por nosotros mismos, —dije después que se fue—. Debemos tener suficiente tiempo para explorar el cañón antes del viaje a la cantera.

Karen corrió a buscar nuestras mochilas. —Mamá, vamos a ir a explorar, —gritó a la tienda de campaña—. Pronto volveremos.

—Manténgase alejados del río, —gritó para atrás la tienda de campaña—. Y tengan cuidado.

Después que Luís obtuvo permiso, comenzamos a subir por el sendero del cañón. No era difícil seguir. —O por aquí pasa mucha gente todos los año, —dijo Karen—, o lo hacen muchos animales.

—Probablemente es un sendero de ciervos, —dijo Luís—. Mi papá dice que a ellos les gusta seguir el mismo sendero al agua todos los días. Después de un tiempo, se forma un camino.

Cuando nos acercamos a la cima del cañón, me incliné y miré cuidadosamente el suelo. Extendí mi brazo y no dejé que Karen siguiera.

—¿Qué estás haciendo? —preguntó ella.

—Estoy buscando huellas, —dije—. Y no quiero que le caminen por encima. Si algo hubiera estado aquí esta mañana, puede que haya dejado huellas.

Luís se rió. —¿Conocerías las huellas de un dinosaurio si las vieras? No las ves todos los días.

—He visto huellas de dinosaurio, —dije—. ¿Karen, te acuerdas de aquellos fósiles de huellas que vimos en Texas?

—Es cierto, nosotros vimos unas huellas, —ella estuvo de acuerdo. Entonces se estremeció. —Si encontramos huellas así de grande, voy a empacar e irme.

En ese momento, escuchamos un tipo de sonido. Venía de algún lugar en las rocas que estaban por encima de nosotros.

Cuatro

¡Problemas!

Sospechas y sospechosos

—¿Qué es eso? —dijo Karen.

Luís y yo nos movimos contra la pared del cañón. Le hice señas a Karen que se moviera hacia nosotros y que se mantuviera quieta y escuchara.

—Vino de allá arriba, —susurró Luís. Señaló hacia arriba. La cima estaba a sólo a diez pies sobre nuestras cabezas.

—¿Fue aquí donde la señora dijo que había visto algo? —susurró Karen—. ¿Ella dijo que había escuchado un sonido como un raspado?

En ese momento, algo me pegó en la cabeza y rebotó. Era una piedrita. Entonces comenzaron a caer piedritas como lluvia. —¡Oye, vamos a salirnos de aquí! —grité.

Corrimos hacia abajo por el sendero como si un verdadero dinosaurio nos estuviera persiguiendo. Pero cuando entramos al campamento como relámpagos, nadie quería escuchar nuestra historia.

Ya la gente estaba gritando acerca de otra cosa.

—Guardabosque, alguien robó nuestros radioteléfonos portátiles, —gritó un hombre con una gorra azul de béisbol—. Los necesitamos en nuestras caminatas.

—¿Dónde estaban? —preguntó el Guardabosque Martínez—. El hombre señaló hacia la ventana abierta de la camioneta.

—Estaban ahí en el suelo, al lado de los binoculares, —indicó el hombre.

—¿Estaba la ventana abierta? —preguntó el guardabosque.

Lamentablemente el hombre afirmó con la cabeza. —Sólo nos fuimos por un minuto. Uno cree que puede confiar en la gente por esa cantidad de tiempo.

—A mí me gustaría creerlo, pero pienso que no.

El Guardabosque Martínez alzó su voz para que todos los que estaban alrededor pudieran oírla. —Por favor mantengan sus cosas dentro de sus vehículos con las puertas cerradas con llave hasta que averigüemos qué está sucediendo.

El Profesor Huesos se detuvo a nuestro lado. —Espero que no se hayan robado otra cosa más.

—Me temo que sí, —dije—. Esta vez fue un par de radioteléfonos portátiles. Miré a Luís y a Karen. —Profesor, ¿qué parece una huella de dinosaurio?

Antes de que pudiera responder, alguien se entrometió. —Ah, ahí está profesor. He estado buscándolo. —Era Beltrán de la compañía de balsas.

—Tenemos que repasar los planes de sus grupos para los viajes en balsas. ¿Es ahora un buen momento?

El profesor Huesos nos miró. Le señale que se fuera.

—Luego le hablamos, —le dije—, en la cantera de dinosaurios.

Ellos se fueron para hablar de balsas y nosotros comenzamos a hablar del cañón.

—Oye, ¿dónde estaban ustedes cuando se robaron los radioteléfonos portátiles? —Era uno de los campistas.

—Nosotros estábamos explorando el cañón, —explicó Luís mientras señalaba al cañón.

El hombre movió su cabeza. —Los vi corriendo para acá como si alguien los estuviera persiguiendo. ¿Qué hicieron, esconder las cosas robadas y luego correr antes de que alguien los echara de menos?

—No, —dije firmemente—. Simplemente estábamos corriendo. No nos robamos nada.

¿Qué iba a decir? ¿Qué pensamos que un dinosaurio nos estaba persiguiendo?

El campista se fue con paso fuerte. —Sé que no nos creyó, —gimió Karen—. ¿Qué podemos hacer para probar que nosotros no hemos robado nada?

—Averiguar quién lo hizo, —dije—. ¿Dónde están los adolescentes ruidosos? Caminamos lentamente hacia el campamento de los adolescentes. Estaba vacío.

—¿Creen que debemos buscar en su tienda de campaña? —susurró Karen.

—Imagínate cómo se vería si alguien nos ve en la tienda de campaña, —le recordé a ella. —No, tendremos que agarrarlos de una forma diferente.

—No una de tus trampas, —gimió ella.

—¿Trampas? —preguntó Luís.

—Es una historia larga, —le dijo Karen—. Vamos a decir que las trampas de Zacarías casi siempre atrapan a alguien. Y casi siempre es la persona equivocada.

—Karen, Zacarías, —llamó mamá del otro lado del campamento—. Vamos, es hora de ir a la cantera.

Una *cantera* es simplemente el boquete que deja la gente cuando sacan algo de la tierra. Pero esta cantera era especial.

—Los cazadores de dinosaurios de tiempos antiguos transportaron toneladas de huesos de este boquete, —explicó el Profesor Huesos al grupo. Dirigió al grupo a un edificio grande.

—Aquí todavía están sacando y estudiando fósiles. Pero ahora podemos verlo mientras sucede.

—¿Por qué tiene ventanas por dentro el edificio? —preguntó Alex.

Luís y yo nos apresuramos para averiguar. —Mira esos huesos, —dijo Luís, mientras miraba a través del cristal—. Y aquellos tipos están sacando otro.

—Así es, —dijo el profesor—. Este edificio fue construido alrededor de la cantera para que la gente pudiera ver a los cavadores trabajando. Las ventanas de cristal nos dejan ver a los paleontólogos según van descubriendo fósiles de huesos de dinosaurios. Como pueden ver, dejan los huesos en el lugar donde los encuentran para que podamos verlos.

—¿Por qué hay materiales de andamio allá fuera?— preguntó Karen—. Parece una área de construcción.

—Recuerda que los fósiles y los fósiles de huesos son muy frágiles, —dijo el Profesor Huesos—. Los cavadores son muy cuidadosos de no estorbarlos. Los andamios permiten que trabajen en el área donde están los fósiles sin pisar los huesos. Ellos no quieren romperlos o moverlos de la posición donde los encontraron.

—Eso también lo hacen los arqueólogos, —dije—. Cuando cavan una ciudad antigua, es muy importante saber exactamente donde encontraron un envase de arcilla o un ladrillo.

El profesor afirmó con la cabeza. —Cuando ellos cavan, están obteniendo claves de donde encuentran los objetos. Les ayuda a entender en qué tiempo vivió la gente que usaron esas cosas. Para los paleontólogos, la posición de los huesos de dinosaurio algunas veces les ayuda a aprender más acerca de cómo eran los dinosaurios o cómo se comportaban.

—¿Por qué pintan esas personas la tierra? —preguntó Luís. Señaló a donde habían dos trabajadores cepillando la tierra con pequeños cepillos de pintar.

—Ellos no están pintando. Esa es la forma más segura de mover la tierra y el polvo de los fósiles de huesos, —dijo el Profesor Huesos.

—Hmmmf, —dijo mamá que estaba parada tras nosotros—. Creo que preferiría usar una aspiradora.

Yo estaba curioso acerca de los huesos de dinosaurio. —Profesor, ¿qué nos dicen los huesos de allá abajo acerca de los dinosaurios que vivían aquí?

El Profesor Huesos se rasgó la cabeza. —Bueno, Zacarías, los huesos están aquí para decirnos algo interesante. En algunos lugares, como en Wyoming, en Alberta, Cánada, y en Montana, los paleontólogos han encontrado esqueletos completos con los huesos básicamente en lugar, como eran cuando los dinosaurios estaban vivos.

—¿Es así como pueden decir cómo eran los dinosaurios? —preguntó Luís.

—Sí, —respondió el Profesor Huesos—. Otras claves nos dicen cómo vivían. El formato nos dice que algunos dinosaurios, como el stegosaurus, se movían como un lagarto. Otros, como el gallimymus o el velociraptors se movían como las aves.

—¿Usted quiere decir que volaban? —preguntó Alex.

—No, se movían como aves grandes que no vuelan, como los avestruces o los emús. Probablemente, ellos corrían como las aves y vivieron en bandadas o manadas como lo hacen algunas aves.

—A mí me gustan los emús, —dijo Alex—. Nuestro tío Carlos crece emús.

—Él quiere decir que nuestro tío tiene un rancho de emús, —expliqué—. Él los cría y los vende. Nosotros estuvimos en el rancho de camino hacia aquí este verano.

Gracias a Alex, mi pregunta todavía no había sido respondida.

—¿Qué nos dicen esos huesos? —volví a preguntar, señalando hacia la cantera.

—Esos huesos nos dicen algo importante, —dijo el Profesor Huesos—, algo que tiene que ver con la Biblia. Hay una gran colección de huesos en este lugar. Pero la razón por la cual los cavadores no han encontrando aquí esqueletos completos es porque la mayoría de ellos están todos entre mezclados.

—¿Quiere decir como si alguien los hubiera amontonado a propósito? —preguntó Luís.

'El Profesor Huesos se sonrió. —La mayoría de los paleontólogos, aun aquellos que piensan que estos dinosaurios vivieron sesenta y cinco millones de años atrás, creen que estos dinosaurios murieron en una *inundación repentina.*

Pensé en el tamaño de algunos de esos dinosaurios. —Tiene que haber sido una gran inundación, —dije.

El Profesor afirmó con la cabeza. —Bien grande. Lo más probable es que estos dinosaurios vivieron en esta área. La inundación arrastró sus cuerpos ahogados hasta aquí.

—Tiene que haber sido el diluvio de Noé, —dijo Karen—. Los dinosaurios tienen que haber estado vivos cuando vino el diluvio, cuando Noé estaba vivo.

En ese momento, alguien detrás de nosotros gritó. —¡Mi cámara! ¡Ha sido robada!

Descubrimientos y claves

Palabras para recordar

Cantera: Un gran boquete en la tierra donde se ha cavado algo
Inundación repentina: Una inundación que sucede rápidamente

Claves de dinosaurios

La posición de los huesos de dinosaurios algunas veces nos ayuda a saber más acerca de cómo eran los dinosaurios o cómo se comportaban.

Los paleontólogos creen que la inundación dejó los huesos de los dinosaurios en la cantera entre mezclados. Tomaría una gran inundación para mover los dinosaurios ahogados, así que pudo haber sido el diluvio de Noé.

Misterio del Campamento de los Dinosaurios

Alguien o algo están en la cima del cañón. No puede ser un dinosaurio vivo, ¿o puede?

Alguien ha robado un radio, un par de radioteléfonos portátiles, y ahora hasta puede que una cámara.

Cinco

La trampa ilegal

Tratando de atrapar un ladrón

Observé mientras la gente avanzaba hacia la señora. Ella no era de nuestro campamento. Un guardia de seguridad comenzó a hacerle preguntas.

—¿Vio usted a alguien llevársela?

—No, —respondió la señora—. Yo guardo la cámara dentro de mi bolso, al lado de mi cartera. Cuando la busqué para tomar una foto, ya no estaba.

—¿La tenía aquí en el Centro de Visitantes de la Cantera? —le preguntó el guardia, sacando un cuaderno de notas.

La señora pensó. —Bueno, sé que la tenía ayer cuando nos montamos en la balsa porque tomé fotos en el río. La bolsa ha estado conmigo desde entonces. Excepto cuando la dejé en el coche.

—¿Cierra usted la puertas con llave? —preguntó el guardia, mientras sostenía el lápiz sobre el papel.

—Siempre, —respondió la señora.

El guardia cerró el cuaderno con fuerza. —A menos que usted crea que la cámara fue robada desde que llegó aquí, no hay mucho que yo pueda hacer ahora. Si viene a la oficina, llenaremos un informe y avisaremos a los guardabosques. ¿Ha visto alguna persona sospechosa? —preguntó mientras ellos se alejaban.

El Profesor Huesos continuó con la conferencia a los adultos que estaban ahí para aprender acerca de los dinosaurios. Karen, Luís y yo nos quedamos cerca de la fuente de agua.

—Tiene que haber sido los adolescentes, —susurró Karen mientras se doblaba a tomar agua.

Moví la cabeza negativamente. —Probablemente hay alguien diciendo que fuimos nosotros. Mejor es que averigüemos quién es el ladrón.

Luego Luís tomó agua. Sacudió la cabeza y había agua por dondequiera. —Oye, —dijo Karen—, mira lo que estás haciendo.

—Lo lamento, —dijo Luís—. Tal vez lo mejor sería mantenernos fuera. No queremos que la gente vaya a pensar que nosotros tenemos algo que ver con los robos.

—No te preocupes, —le dije—. Ya estoy pensando en un plan.

Ahora Karen negó con la cabeza. —Preocuparse.

Alcanzamos a los demás y escuchamos el resto de la conferencia del Profesor

Huesos. Él me llevó de regreso al campamento y pude hacerle más preguntas.

—¿Profesor, dice la Biblia algo acerca de los dinosaurios?

Pensó por un segundo. —Tal vez, —respondió—. Pero vamos a comenzar al principio. Muchos científicos creen que la vida en la tierra evolucionó millones y millones de años atrás. Algunos cree que Dios comenzó el proceso de la evolución, algunos ni siguiera creen en Dios.

Yo asentí con la cabeza. —Pero nosotros creemos que Dios creó al mundo tal y como dice en la Biblia.

—Correcto, —dijo él—. Y los científicos que dicen que el mundo es bien antiguo no están tratando de mentir. Las rocas muestran que verdaderamente son así de antiguas. Pero puede ser que Dios las creó viejas como hizo con Adán.

Recordé las cosas que aprendí acerca del Diluvio y la *geología* (el estudio de las rocas). —O que el Diluvio puede haber estropeado la edad radiométrica de las rocas.

Las *Edad Radiométrica* es una de las maneras científicas de medir cuan antiguas son las rocas. El Profesor Huesos se sorprendió de saber que yo sabía eso. —Sí, eso es así. O Dios puede haber creado las rocas de este mundo cuando Él creó el resto del universo, entonces creó este mundo durante la semana de creación como dice la Biblia.

El profesor disminuyó la velocidad cuando le tocó estar tras un camión sucio que iba jalando un remolque lleno de ganado. No había manera de pasar ya que el camino estaba lleno de curvas.

—Ese debe ser uno de los rancheros locales moviendo algunas vacas u ovejas, —dijo el profesor—. Ahora, podemos pasar.

Sacó el coche y comenzó a pasarle al camión. Cuando pasamos por el lado del camión, no observe nada dentro del remolque. Saludé al chofer con la mano, pero sólo bajo su sombrero para cubrirse la cara.

Me rendí y miré al Profesor Huesos. —Bueno, ¿y qué me dice todo eso acerca de los dinosaurios? —pregunté.

—Recuerda, los huesos de dinosaurios son fósiles, —dijo él—. Eso quiere decir que los minerales han remplazado las células de los huesos. Así que los huesos ahora son hechos de las mismas cosas que son hechas las rocas.

Yo iba adelantado a él. —Entonces eso hace que los huesos de los dinosaurios sean antiguos como las rocas. Y ya que los huesos están dentro de las rocas, tenían que haber estado ahí cuando las rocas fueron formadas. Así que los huesos de los dinosaurios muestran que también fueron hechos hace son millones de años atrás.

—Bueno,— dijo él. ¿Entonces, qué dice la Biblia acerca de los dinosaurios? Tanto como dice de los demás animales sobre la tierra. Casi nada. La Biblia no tiene una lista de todos los animales creados. En la creación, cuando el mundo era perfecto y la gente vivía por cientos de años, los animales probablemente eran más grandes y fuertes.

—¿Entonces puede que en el Huerto del Edén hubieran dinosaurios?

—¿Por qué no? —preguntó el Profesor Huesos—. Dios debe haber creado los dinosaurios. Y tienes que recordar que había diferentes clases de dinosaurios. Hubiera sido interesante observa a la mayor parte de ellos y probablemente divertidos para jugar.

Traté de imaginarme a Caín o Abel creciendo a las afueras del Huerto del Edén, jugando con un pequeño stegosaurus o triceratops. ¡Eso sería divertido!

Cuando llegamos al campamento, le conté todo a Karen y a Luís.

— ¿Te dijo él lo que le sucedió a los dinosaurios? —preguntó Karen.

—No. —Pero recordé algo más—. Dijo que la Biblia puede que diga algo de los dinosaurios, pero no me dijo qué.

—Vamos a buscarlo, —dijo Luís. Mientras cruzamos el campamento, vimos al Guardabosque Martínez sobre su caballo. Nos íbamos a detener y saludarla, pero ella estaba hablando con las personas que le robaron los radioteléfonos portátiles.

—No, no tenemos más información, —dijo ella mientras caminamos—. Ustedes saben que en un pueblo, la policía por lo general sabe quienes son los delincuentes. Pero aquí, sólo hay campistas que vienen y van todas las semanas.

—¿Hay muchos crímenes aquí? —preguntó la señora.

El Guardabosque Martínez se rió. —Los había en los tiempos pasados. Este era un lugar famoso para los ladrones de bancos y ganados. Es tan lejos de todas partes que los bandidos podían esconderse por meses con el ganado robado.

Le di un codazo a Karen. —A lo mejor hay un bandido famoso en nuestro campamento. Uno de los Diez Criminales más buscados.

Karen simplemente rodó los ojos. El guardabosque todavía estaba hablando.

—Pero en estos días, ¿por qué los habrían? Tenemos unos cuantos casos de vandalismo, adolescentes rompiendo cosas o pintando las rocas. Algunas veces, ha habido una erupción de robos. Pero no dura mucho tiempo. Por lo general, el ladrón es uno de los campistas y o lo agarramos y se lo entregamos al sheriff, o ellos empacan y se van antes de que podamos agarrarlos.

El hombre nos contempló. —Bueno, yo tengo unas cuantas ideas acerca de quien es el ladró o ladrones por aquí.

Seguimos caminando.

El Profesor Huesos no estaba en los alrededores, y ya que comenzaba a oscurecer, nos fuimos hacia nuestras tiendas de campañas. —Vamos a pasar por el campamento de los adolescentes, —sugerí—. Tengo una idea.

—¿Estás seguro? —preguntó Karen.

—Confíen en mí, —les dije—, y hagan todo lo que les diga.

Los adolescentes estaban cerca de la fogata. No los miré, pero hablé lo suficientemente fuerte para que me escucharan.

—Vamos para el río donde está mamá y papá, —le dije a Karen.

Ella me miró. —Mamá y papá no están. . .

—Lo sé, —la interrumpí—. Ellos dijeron que nos quedáramos en la tienda de campaña, —les dije, guiñando el ojo y moviendo la cabeza hacia un lado. Karen me miró como si me estuviera volviendo loco. —Pero nada le va a suceder a nuestro televisor pequeño. Nadie sabe que lo tenemos. Vamos a dejarlo en la tienda de campaña grande.

—Agarré el brazo de Karen y rápidamente me la llevé. Luís siguió detrás. —¿Crees que funcionó? —le pregunté.

—¿Qué funcionó? —preguntó Karen, mientras sacudía su brazo para soltarse de mí.

—Ellos estaban mirando y escuchándote, —reportó Luís con una sonrisita—. Vamos a regresar rápidamente a tu tienda de campaña.

Nos dimos vuelta para regresar, pero Karen rehusó moverse y dio con el pie en el piso. —¡No voy para ningún lugar hasta que alguien me diga lo que estamos haciendo!

—Karen, es una trampa. Me aseguré de que escucharan que hay un televisor en nuestra tienda de campaña y que no habrá nadie en los próximos minutos.

Comenzó a entender. —Si ellos son los ladrones, es exactamente para donde van a ir. ¡Vamos!

Hermanas.

Descubrimientos y claves

Claves de dinosaurios

Hay científicos que creen que la vida sobre la tierra evolucionó por millones y millones de años. Algunos creen que Dios comenzó el proceso de evolución y algunos ni siguiera creen en Dios. Que las rocas muestran que son antiguas. Pero puede ser que:

1. Dios las creó antiguas, como hizo con Adán.

2. El Diluvio pudo haber estropeado la edad radiométrica de las rocas.

3. Dios pudo haber creado las rocas de este mundo cuando creó el resto del universo, entonces creó este mundo durante la semana de creación como dice la Biblia.

Si los huesos de los dinosaurios están dentro de las rocas, tienen que haber estado ahí cuando las rocas fueron formadas. Por eso es que los huesos de dinosaurios muestran ser millones de años de antiguos.

Palabras para recordar

Geología: El estudio de las rocas
Edad Radiométrica: Una de las formas en que los científicos miden el tiempo que tienen las rocas

Misterio del Campamento de los Dinosaurios
Esta área era un lugar donde los ladrones y bandidos se escondían. ¿Habrá bandidos peligrosos en el campamento?

Si los hay, ¡puede que tengamos una forma de atraparlos!

Seis

Huellas en el cañón

Evaluando las cosas

Esta mañana comenzó de una manera muy extraña. De hecho, anoche también fue un poco extraña. No vas a creer lo que sucedió anoche. Bueno, puede que sí. Nos escondimos en la tienda de campaña y esperamos para ver si los adolescentes ladrones tomaban el cebo.

—Qué bueno que mamá y papá fueron a caminar, —susurró Karen. Ella estaba peleando con el saco de dormir mientras Luís y yo echábamos una ojeada por las tapas de la tienda de campaña. —¿Los ves?

—Todavía, —respondió Luís—. ¿Estás seguro que van a venir? —me preguntó.

—Dije que había una televisión en la tienda de campaña grande y que no había nadie. Si tú estuvieras robando radioteléfonos portátiles y cámaras, ¿no tratarías de robar una televisión? —Luís afirmó con la cabeza y siguió mirando.

—¿Qué vamos a hacer si vienen? —preguntó Karen.

—Ellos van a ir directamente a la tienda de campaña de mamá y papá. —le dije—. Me gustaría poder ver el frente de la tienda de campaña desde aquí. Tal vez debemos esperar hasta que los oigamos, entonces vamos a hurtadillas y cerramos el cierre de las tapas.

Luís movió la cabeza negativamente. —¿No crees que destruirán la tienda de campaña y luego se saldrían? Creo que debemos correr y buscar un adulto para que nos ayude."

—Demasiado tarde, — susurré—. ¡Ahí vienen!— Velamos mientras dos de los adolescentes caminaban lentamente por el camino que va a la tienda de campaña de mamá y papá. —Tan pronto dejemos de verlos, correremos hasta la puerta de la tienda de campaña y gritaremos tan fuerte como podamos. Eso los asustará y traerá ayuda.

Velamos en silencio según se acercaban. Cuando se desparecieron de nuestra vista, yo dirigí el camino hacia la tienda de campaña. Con Luís y Karen justo detrás de mí, avancé hacia la tienda de campaña de mis padres, metí la cabeza por la tapa abierta, y grité los más fuerte que pude.

—¡Los agarré!

—¡Aaaaaaa! —La voz que gritó no sonaba como la de un bandido. De hecho, sonaba familiar.

—¡Zacarías! —Mamá puso la mano sobre su corazón—. ¡Por poco me matan de un ataque de corazón! ¿Qué pasa contigo?"

—Yo, oh, bueno, yo no sabía que habías regresado, —tartamudeé. Podía escuchar a Karen y a Luís riéndose como si yo estuviera bromeando.

—¿Y? —dijo ella, dando contra el piso con su pie—, ¿pensaste que podías ejercitar tus pulmones en mi tienda de campaña?

—No, pensé que había otra persona aquí dentro. —Traté de cambiar el tema—. ¿Dónde están papá y Alex?

—Los dejé visitando en la tienda de campaña de los padres de Luís y regresé para comenzar la cena. Creo que acabas de hacerte voluntario para ayudar."

—Seguro, mamá, —dije según me movía hacia atrás. Karen todavía se estaba riendo.

—Te lo dije, Luís, —dijo ella—. Las trampas de Zacarías nunca trabajan bien.

No me molesté en corregirla. Miraba a los dos sospechosos saliendo de un baño del campamento. Y pensando en otro plan.

Por la mañana, no tuve tiempo ni tan siguiera de tragar el jugo de naranja antes de que Luís entrara corriendo en el campamento.

—¡Zacarías, alguien más dijo que vieron a un dinosaurio!

Me dirigió hacia el río donde los balseros de por la mañana todavía estaban goteando agua y sacando sus balsas del río.

—Fue allá arriba en la orilla del cañón, —decía un señor que llevaba puesto un chaleco salvavidas de color naranja—. No pude verlo bien porque íbamos de prisa. Pero independientemente de lo que era, tenía un cuello largo y flaco. Y su cabeza se movía de un lado hacia otro.

Beltrán, el guía de las balsas, se rió en voz alta. —¿Qué cree que era, una jirafa? Vamos amigo, usted debe haber visto un árbol o algo.

El hombre movió su cabeza obstinadamente. —Sé que vi algo. Alguna clase de animal.

—¿Fue un dinosaurio? —preguntó alguien. El hombre no respondió, pero la mayoría de la gente se rió y comenzó a alejarse.

—¿Crees que está loco? —le pregunté a Beltrán.

Me miró por un segundo, como si estuviera pensando intensamente. Luego se sonrió. —Nunca sabremos lo que esté andando por estos cañones.

—Resuelto, —le dije a Luís de regreso al campamento—. Tenemos que regresar al cañón y averiguar qué está pasando.

Cuando le pedimos a papá si podíamos ir a explorar, él nos dijo, —Sí, pero el Profesor Huesos nos va a llevar al pueblo para ver el Jardín de los Dinosaurios. Ustedes no querrán perderse eso, así que no se tarden.

Para cuando Karen, Luís y yo llegamos cerca de la cima del cañón, estábamos un poco nerviosos. —¿Qué fue eso? —dijo Karen mientras se movían las hojas en los árboles. Una pequeña ave marrón respondió la pregunta al salir volando.

Esta vez, llegamos a la cima sin escuchar el extraño ruido. —Mantengan los ojos abiertos para pistas, —dije—. Cualquier cosa que esté aquí arriba debe haber dejado algo.

—Uf, —gruñó Karen mientras retrocedía de una roca—. Algún animal dejó algo allí. Pero no huele a ninguna pista.

—Escuchen, —llamó Luís—, vengan y miren esto.— Él estaba arrodillado cerca de un área de arena. —Es alguna clase de huella de animal.

—¡Estupendo! Eso es grande, —dijo Karen—. ¿Qué clase de animal deja algo así?

La impresión tenía tres dedos, con una marca de garra al final de cada una. Algo acerca de la impresión era familiar. Traté de medirla. —Es más grande que mi mano completa. Es más grande que mis dos manos juntas.

—Es mucho más grande que cualquier huella de ave que yo haya visto, —dijo Luís—, no crees que...

Karen susurra, —No es tan grande como las huellas de dinosaurio que vimos en Texas. Pero el Profesor Huesos dijo que los dinosaurios venían en todos los tamaños. ¿Es posible?

Respiré hondo. —No hay forma de que un verdadero dinosaurio ande por aquí. Tiene que ser otra cosa. ¿Hay más huellas?

—Vengan aquí, —llamó Luís. Había otra impresión como a quince pies de lejos. Buscamos más, pero el suelo estaba mayormente cubierto de rocas y piedras.

—Mejor es que nos vayamos, —les recordé—. No podemos perdernos el viaje al Jardín de los Dinosaurios.

—¿Qué vamos a decir acerca de estas huellas? —preguntó Karen

—Nada, —dije—. Vamos a tratar de averiguarlo nosotros mismos."

Lo primero que vi en el Jardín de los Dinosaurios fue la cabeza de un tyrannosaurus rex por encima de los árboles. Mientras observaba los dientes de seis pulgadas de largo, me sentí feliz de que todos los dinosaurios estuvieran muertos.

—Todas estas estatuas son de tamaño natural, —anunció el Profesor Huesos al grupo—. La mayoría de ellos están basados en los tamaños de los huesos encontrados en la cantera."

Mientras Karen jugaba con Alex alrededor de las patas del diplodocus, pensé en una buena pregunta para hacer.

—Profesor Huesos, usted dijo que el tamaño de estas estatuas están basadas en el tamaño de los huesos de los dinosaurios. ¿Hay alguna forma de saber el tamaño de un dinosaurio por su huella?

—Bueno, el tamaño de la huella es ciertamente una clave, —dijo él—. Pero la longitud del paso también te dice algo.

Me confundí. —¿La longitud del paso?

Me mostró al tomar un paso grande. —La longitud del paso es la distancia entre tus pies cuando has tomado un paso. Como yo mido seis pies de alto, la longitud de mi paso es casi de tres pies. Cuando los paleontólogos encuentran huellas, ellos miden cuán lejos está un paso del otro. Esto les ayuda a saber no sólo lo grande que fue la criatura, pero cómo caminaba o corría, si usaba dos patas o cuatro.

Estoy seguro que lo que estaba diciendo era muy interesante. Pero no escuché ni una palabra. De repente todo lo que podía ver era las dos huellas gigantes en la cima del cañón.

Quince pies aparte.

Siete

Dinosaurios sobre el techo

O, dinosaurios sobre la azotea

—¿Qué?

Cuando traté de decirle a Karen y a Luís lo que el Profesos Huesos estaba diciendo acerca de las huellas de los dinosaurios, ellos no entendieron.

—¿Qué diferencia hace que las dos huellas que vimos tengan quince pies aparte?

—Miren, —traté de explicar—, si una persona de seis pies de alta deja huellas de tres pies aparte, ¿cómo de alto sería alguien si dejara huellas de quince pies aparte?

¡Y de repente! —¡Lo entiendo! —dijo Luís—. ¡Treinta pies de alto!— Entonces sus ojos engrandecieron. —¿Estás diciendo que cualquier cosa que dejó aquellas huellas en la cima del cañón es, —señaló hacia un allosaurus cercano—, tan grande como eso? ¿Treinta pies de alto?

Karen miró hacia arriba. Por primera vez estaba muda.

—No estoy diciendo nada, —dije—. Excepto, vamos a averiguar más acerca de las huellas de dinosaurios.

Encontramos al Profesor Huesos parado bajo un apatosaurus enorme. —Esta criatura puede haber pesado más de treinta toneladas, —le dijo al grupo a su alrededor.

—Díganos más acerca de las huellas de dinosaurios, —pidió Karen. Saque el cuaderno y un lápiz.

El Profesor Huesos se rasgó la cabeza. —Ustedes saben que la huella de un dinosaurio es un fósil. Se forma cuando un dinosaurio se para en una superficie suave como la arena o barro dejando una impresión. Si la huella se llena de otra capa de arena o barro, y las capas se ponen duras como roca, entonces un fósil es formado. La huella se convierte en parte de la roca.

—Eso no sucede con frecuencia, ¿verdad? —pregunté—. Después de todo, la mayoría de las huellas que hacemos son lavadas o desaparecen.

—Estás en lo correcto, Zacarías. No encontramos muchas huellas comparado con los números de dinosaurios que deben haber vivido. Pero muchas huellas de dinosaurios han sido encontradas por todo el mundo. Hay cientos en Massachussets y Connecticut. El Río Paluxy en Texas ha descubierto huellas gigantescas de brachiosaurus.

—Nosotros vimos esas, —dijo Karen a todos—. ¡Toda nuestra familia se paró dentro de la huella!

El Profesor Huesos se río. —Las huellas de dinosaurios más extrañas son las que han sido encontradas bajo tierra, en los techos de minas de carbón.

—¿En los techos? —Luís alzó las manos hacia arriba—. ¿Cómo pudieron los dinosaurios caminar en los techos de cuevas?

Pensé que el profesor estaba tratando de engañarnos. —Sabemos que algunos dinosaurios podían volar, pero ninguno podía caminar al revés.

El profesor se bajó como si fuéramos a tirarle algo. —Lo lamento, pero es cierto. Pero no en la forma en que ustedes creen. El carbón bajo tierra es formado cuando grandes pedazos de *vegetación* son prensadas unas contra otras y cubiertas.

—¿Quiere decir como árboles, hierba y cosas? —preguntó Karen.

Él asintió con la cabeza. —Correcto. Las grandes cantidades de carbón y petróleo encontrados en este mundo es buena evidencia que en algún momento del pasado, todo estaba al revés y enterrado.

—Como si hubiera habido una inundación mundial o algo, —murmuré mientras escribía en el cuaderno.

—Pero de todas formas, el carbón con frecuencia es encontrado en *venas,* como las raíces largas y flacas de una planta. Las minas de carbón son largos ejes cavadas a lo largo de las venas de carbón. Básicamente, ellos cavan el carbón y dejan los túneles entre las capas de rocas.

—¿Y los dinosaurios caminaban en estos túneles? —Luís todavía no lo podía creer.

—No, — dijo el Profesor Huesos—, ellos caminaron antes de que se formara el carbón o las rocas. Lo que encuentran los mineros es la parte de atrás de la huella.

—Ahora entiendo, —dije—. Los dinosaurios caminaban y aplastaban los desperdicios de plantas suaves. Entonces el boquete que dejaba la huella se llenaba de barro. Después cuando se endurecía, la huella todavía estaba ahí. Entonces los desperdicios de plantas se convierten en carbón y los mineros lo sacan. Eso dejó las huellas colgando al revés del techo como chichones grandes.

—¡Exactamente! —el Profesor Huesos se sonrió cuando lo dijo.

¡Y de repente! Luís también lo entendió.

Las huellas de dinosaurios en los techos de las cuevas. Extraño, ¿eh?

—Profesor, —alguien preguntó—, ¿qué clase de huellas de dinosaurio se encuentra por aquí?

El movió la cabeza negativamente. —No en esta área. Eso es una de las cosas curiosas acerca de los dinosaurios. Rara vez encontramos huellas y huesos de dinosaurios juntos. Es como si no hubieran vivido en la misma área en que murieron.

—¿Qué quiere decir? —preguntó papá. Él y Alex también estaban escuchando.

—Ya que nosotros aceptamos la historia de la Biblia acerca del Diluvio, es fácil para nosotros aceptar que ellos dejaron huellas mientras trataban de escapar las aguas. O sus cuerpos fueron arrastrados de donde vivían.

—¿Escribiste toda esa información? —preguntó papá un poco después—. Me parece que es la clase de información que puedes darle a Roberto.

Di palmaditas a mi mochila. —Lo tengo todo aquí en mi cuaderno.

Mientras el Profesor Huesos daba la conferencia a los adultos, nosotros los niños nos fuimos a caminar alrededor de los dinosaurios. Alex estaba con nosotros, y siguió haciendo preguntas hasta que pensé que estaba de regreso en la escuela.

—Alex, no sé, —dije—. No sé porque los dinosaurios sólo tienen tres dedos. No sé porque el T-rex no podía ser amistoso. No sé porque el triceratops tenía tres cuernos. ¡Simplemente no sé!

—Zacarías, —dijo—, auque los dinosaurios grandes no cabían dentro del arca, ¿por qué no entraron los pequeños? ¿Por qué no hay dinosaurios vivos hoy?

—A lo mejor los hay, —dejó escapar Karen. Luís y yo nos viramos y la fulminamos con la mirada—. A lo mejor, uf, a lo mejor algunos pequeños como los cocodrilos.

Tan pronto Alex comenzó a pensar en otra cosa, me la llevé a rastras hasta el stegosaurus. —¿Qué estás tratando de hacer, matarlo de un susto? ¿O convencer a todos de que estamos locos?

—¿Pero y si él tiene razón? ¿Y si algunos dinosaurios pequeños entraron al arca y todavía están vivos?

Le metí un puño al estómago del stegosaurus. —No es un dinosaurio. No puede ser.

—Vamos a preguntarle al Profesor Huesos, —dijo ella—. Él sabrá de seguro, ¿verdad que sí?

—Bueno, —dije—. Pero déjame preguntar a mí.

Después de un rato, encontramos al profesor cerca del allosaurus. Decidí averiguar unas cuantas cosas antes de hacer las verdaderas preguntas tontas.

—Profesor, usted nunca explicó cómo averiguar el tamaño de un dinosaurio por sus huellas.

Asintió con la cabeza. —Las huellas son una clave importante. Mientras más grande la pata, con frecuencia, más grande el animal. Y mientras más honda la impresión, más pesado el animal. Pero eso es útil sólo si sabes cuán suave estaba la tierra cuando se paró en ella.

Eso no ayudó. Tenía que tratar un acercamiento diferente. Tocando el allosaurus de metal en la pata, dije, —Antes hablamos acerca del espacio entre los pasos. ¿Cuán grande sería el espacio entre los pasos de este allosaurus? ¿Qué distancia entre las huellas?

Movió la cabeza hacia atrás para ver la estatua. —Yo diría como quince pies.

Los ojos de Karen engrandecieron. —¿Qué clase de dinosaurio es este? ¿Tímido, asustado? ¿Un comedor de plantas?

—Oh, no, —respondió rápidamente—. El allosaur, como el velociraptor, eran cazadores feroces. De hecho, junto con las huellas de esos brachiosaur en Texas, podrán ver las huellas de un allosaur. Es como si lo hubiera estado siguiendo.

Todos nos dimos vuelta para ver la estatua enorme del diplodocus. Era más pequeño relativamente comparado al brachiosaur. —Él no podía haber estado cazando algo tan grande, ¿oh, sí?

—Claro que sí, —dijo el Profesor Huesos—. De hecho, los huesos del brachiosaur han sido encontrados con marcas de dientes todavía en ellos. Y esas marcas de dientes eran iguales a los dientes del allosaurus.

De repente, parecía muy importante saber por cierto de quien eran las huellas que encontramos en la cima del cañón.

Descubrimientos y claves

Claves de dinosaurios

La huella de un dinosaurio es un fósil. Se forma cuando un dinosaurio se para en una superficie sueva como la arena o barro dejando una impresión. Si la impresión es llenada por otra capa de arena o barro, y las capas se endurecen en rocas, hace un fósil.

El carbón fue formado cuando pedazos grandes de plantas y árboles fueron enterrados rápidamente. Las huellas de dinosaurios en las minas de carbón muestran que estaban caminando en el barro cuando el Diluvio empezaba a enterrar todo.

Las huellas de dinosaurios pueden ser encontradas en todos los lugares, pero con frecuencia no en el lugar donde se encuentran los huesos. Parece que no vivían cerca de donde murieron, o el Diluvio arrastró los cuerpos.
La gran cantidad de carbón y petróleo encontrados en el mundo es una buena evidencia que en algún momento en el pasado, todo estaba al revés y enterrado. Como en el Diluvio de Noé.

Palabras para recordar

Vegetación: Árboles, plantas y hierba
Venas: Secciones largas y flacas de carbón

Misterio del Campamento de los Dinosaurios
Mejor es que averigüemos de seguro qué hay afuera. ¡Y pronto!

Ocho

Rocas extrañas, gemidos extraños

Ecos en la oscuridad

Hoy sucedieron dos cosas extrañas. La primera fue algo interesante.

—¿Cuándo vamos a comer? —preguntó Alex—. Tengo más hambre que un T-rex.

El Profesor Huesos se rió. —Tu hermano tiene razón. Es hora del almuerzo. Vamos a sacar la merienda.

Mientras todos estaban poniendo los platos de papel sobre las mesas y sacando los emparedados, el Profesor Huesos siguió hablando con nosotros. —Ustedes pueden ver que muchas clases diferentes de dinosaurios han sido encontrados en esta área. ¿Pero cómo podemos saber si vivieron o no en esta área?

—Bueno, —dije—, usted nos dijo que no habían huellas de dinosaurios aquí. Y eso quiere decir que no vivían en esta área.

—Correcto, —dijo mientras asentía con la cabeza—. ¿Pero y las otras pistas? ¿Qué creen que comían esto dinosaurios?

Miré a mí alrededor. La mayoría de ellos comían plantas. —Excepto por el T-rex y el allosaur, creo que todos los demás comían plantas, —dije.

Volvió a afirmar con la cabeza. —Todos los dinosaurios grandes comían plantas. Ese apatosaurus y ese diplodocus tenían que comer toneladas de hierba, juncos, u hojas de plantas todas las semanas. Ahora, ustedes saben que los dinosaurios no son las únicas clases de fósiles que encontramos, ¿verdad?

—Yo he visto fotografías de fósiles de pescados. Y en mi casa tengo un fósil de un caracol de mar, —le dije.

El Profesor Huesos metió la mano en su mochila. —Aquí tengo un fósil de una hoja. Como pueden ver, las plantas y la hierba también hicieron su impresión en la arena y el barro. Y algunas veces, también dejan fósiles.

Miré de cerca la roca que nos dio. Se podía ver todas las partes de la hoja claramente.

—¿Vino esto de por aquí? —pregunté—. ¿Es esto lo que los dinosaurios comían?—

Movió su cabeza negativamente. —No. Y ese es el problema. Muy pocos fósiles de plantas son encontrados en la misma roca como estos huesos de dinosaurios. Parece que no había suficientes plantas aquí para dar de comer a estos dinosaurios. Así que no podían haber vivido aquí.

—¿Entonces qué hacían aquí? —preguntó Alex—. ¿También estaban de vacaciones?

—No, —respondió el Profesor Huesos con una carcajada—. Creo que, o estaban huyendo de las aguas crecientes y quedaron atrapados aquí, o se ahogaron dondequiera que vivían y flotaron hasta aquí.

Puse el emparedado sobre el plato y saque mi cuaderno.

Alex se metió el emparedado casi completo en la boca. —Soy un T-rex. ¡Roooa! —dijo alrededor de su comida.

—¡Qué grosero! —murmuró Karen.

—Alex, mastica tu comida, —dijo mamá—. Y no hables mientras lo haces.

El profesor me dio una piedrita. Era suave y brillante. —Vas a encontrar esto interesante, —dijo él—. ¿Sabes cómo las gallinas mastican la comida?

—¿Con sus dientes? —dijo Karen. Luego lo pensó. —Espere, las gallinas no tienen dientes.

El Profesor Huesos se rió. —No, no los tienen. Lo que tienen es una molleja. Es parte de su sistema digestivo. Ellas comen piedritas pequeñitas y las piedritas son atrapadas en la molleja. Entonces cuando comen semillas o granos, las piedritas ayudan a moler las semillas o los granos.

—Así que mastican con piedras en las mollejas. —Karen movió la cabeza en forma negativa—. Las gallinas son extrañas.

—Bueno, no sólo las gallinas, —dijo él—. Parece que también algunos dinosaurios tragaban piedras pequeñas para ayudarlos a moler la comida que comían. Los fósiles de esqueletos han sido encontrados con un montón de piedras pulidas donde estaba el estómago del dinosaurio. Zacarías, lo que estás sosteniendo es una piedra encontrada en el esqueleto de un brachiosaur.

Volví a mirar la piedra. —¿Realmente esto estaba dentro de un dinosaurio?

Asintió con la cabeza. —Se llama un *gastrolith*.

Yo estaba sosteniendo algo que un dinosaurio había recogido y tragado. ¿No es eso sorprendente?

De camino al campamento nos detuvimos en una pequeña tienda. Beltrán, el guía de las balsas, estaba acabando de salir. —Hola, —le dije—. ¿Está tomando el día libre?

—¿Para qué? —respondió—. Por aquí no hay nada que hacer.

—¿Vio alguien a un dinosaurio hoy? —embromé.

Él no se rió. Sólo movió la cabeza en forma negativa. —No, pero seguro que anoche escuchamos unos ruidos extraños. ¿Escucharon ustedes algo en el campamento?

—No. —Pensé que estaba tratando de embromarme.

Él no sonreía. —Bueno, no parecía el sonido de un lobo ni de un coyote. No sé que era. Pero se oía como algo grande.

Alcancé a mamá y a papá cerca del rociador de mosquitos. —¿Ustedes escucharon ruidos extraños anoche?

—Sólo los ronquidos de tu hermano, —dijo papá—. ¿Por qué?

—Creo que nada. Papá, ¿puedo comprar una linterna nueva? La mía se rompió.

—¿Estás seguro de que las pilas no estén agotadas?

Asentí con la cabeza. —Se apagó cuando maté a un mosquito.

Él suspiró. —¿No crees que es un matamoscas caro? Creo que sólo rompiste la bombilla. Puede que podamos comprar otra de esas aquí.

Encontramos la bombilla correcta. —Vamos a comprar también pilas adicionales, — sugerí—. Por si acaso.

Pero no tenían las pilas doble A que necesitábamos. Cuando fuimos a pagar, papá le preguntó a la cajera.

Él se rió. —La gente ha estado pidiendo esas pilas toda la semana. Pero se acabaron. Nadie en el pueblo tiene. Perdimos un envío, así que no tendremos hasta la semana que viene.

El Sheriff Torres llegaba en su coche mientras nosotros salíamos. —¿Cómo están ustedes? —preguntó. Nos detuvimos para hablar. Papá le contó acerca de los radioteléfonos portátiles robados.

Movió su cabeza. —En los tiempos pasados, sólo se tenían que preocupar por los ladrones de bancos, vacas y ovejas.

—Creo que hoy en día no hay muchos ladrones de ganado, —dije.

—No, no de ganado y ovejas, —dijo él—. Pero sí nos preocupamos acerca de los ladrones de fósiles. Tratan de robar fósiles valiosos. A propósito, ¿han visto recientemente algún camión jalando un remolque?

Le dije acerca del camión que pasamos el Profesos Huesos y yo.

—¿Vieron al conductor? —preguntó. Moví mi cabeza negativamente—. Bueno, mantengan los ojos abiertos. Gracias.

Cuando llegamos al campamento, descubrí que después de todo no necesitaba las pilas ni la bombilla.

Alguien había robado la linterna.

—¿Estás seguro que la dejaste en la tienda de campaña? —preguntó mamá mientras me ayudaba a buscar entre los sacos de dormir otra vez.

—La puse debajo de mi almohada, —dije—. No había necesidad de llevarla a ningún lugar, ya que no funcionaba. ¿Por qué robaría alguien una linterna que no funciona?"

Ella se encogió de hombros. —Quienquiera que se lo haya llevado simplemente lo agarró y corrió. No se tomaron el tiempo para ver si funcionaba. Probablemente lo echaron a la basura tan pronto se dieron cuenta que no funcionaba. ¿Por qué no usas la mía por el resto del viaje? De todos modos, yo no ando explorando.

Ya estaba oscureciendo cuando Karen, Luís y yo regresamos de la orilla del río. Estábamos tratando de tirar piedras por encima del agua, pero la corriente ligera seguía tragándolas.

Entonces, de algún lugar en la oscuridad, lo escuchamos.

¡Roooaaar! El sonido se escuchó varias veces a través del campamento.

—¿Qué fue eso? —preguntó Karen, moviéndose más cerca del fuego. Nadie respondió.

¡Roooaaar! El sonido parecía venir de todas partes a nuestro alrededor.

—No suena como un coyote ni a un león de montaña, —dijo mamá—. ¿A qué distancia crees que esté?

—Este debe ser el sonido que Roberto nos mencionó, —murmuré—. Silencio, vamos a tratar de averiguar de donde viene. —Escuchamos atentamente.

¡Roooaaar!

Señale directamente hacia el cañón que habíamos explorado. —Vino de allá. Cualquier cosa que sea debe estar allá arriba en la cima de aquel cañón.

—¿Pero qué es? —preguntó papá.

Alex tembló y se envolvió más apretado en su manta. —Yo sé lo que es, —dijo—. Yo lo he escuchado antes.

Todos se le quedaron mirando.

—Está en mi video de dinosaurios. Es un T-rex cazando su cena.

Descubrimientos y claves

Claves de dinosaurios

Se encuentran muy pocos fósiles de plantas en las mismas rocas donde se encuentra los huesos de dinosaurios. Ya que no había suficiente plantas aquí para alimentar estos dinosaurios, no podían haber vivido aquí.

O estaban huyendo del agua creciente del diluvio y quedaron atrapados aquí o se ahogaron donde vivían y flotaron hasta aquí.

Palabras para recordar

Gastroliths: Piedras pulidas sacadas del estómago de un dinosaurio

Misterio del Campamento de los Dinosaurios

Mi linterna fue robada. ¿Por qué robaría una linterna que no funciona?

Nueve

¿Rugido de dinosaurio?

Tratando de reunir toda la evidencia

¡Rooooaaar!

Ahora sonaba más lejos. Mamá no perdió tiempo. —Alex, tú sabes que hoy día no hay dinosaurios vivos. Cualquier cosa que sea, no puede ser un T-rex.

—Correcto, —papá estuvo de acuerdo—. Mañana le preguntaremos al guardabosque. Ahora, Alex, es hora de que te acuestes a dormir. Karen, Luís y yo nos acercamos a la fogata. —¿Podría ser un T-rex? —preguntó Karen.

—Claro que no, —dije—. Piénsalo. La huella que vimos era grande, pero no era lo suficientemente grande para ser un T-rex. Además, no hay dinosaurios vivos. Y aunque hoy día hubiera un dinosaurio vivo, no podría vivir aquí.

¡Rooooaaar!

El sonido se escuchaba más lejos. Escuchamos por un rato, pero no volvimos a escucharlo.

—Así que no es un T-rex. Entonces, ¿qué es? —preguntó Luís.

—Yo no voy a volver para allá arriba, —dijo Karen templando.

Al otro día, desperté con el sonido de una puerta de coche cerrando. —¿Qué está sucediendo? —le pregunté a mamá. Ella estaba tomando chocolate caliente cerca de la fogata.

—Parece que algunas personas están empacando para irse, —dijo ella—. ¿Me pregunto por qué?

Yo también me pregunté, así que fui a averiguar. Sabes que los niños pueden aprender mucho al estar alrededor de donde están sucediendo las cosas. Luís corrió para reunirse conmigo mientras el Guardabosque Martínez llegaba montada a caballo.

—Buenos días, —dijo ella mientras se desmontaba—. Luís ofreció sostener las riendas, y ella caminó hacia los campistas que estaban empacando. —Lamento que se vayan tan pronto, —dijo ella.

—Después de lo de anoche, queremos irnos lo más pronto posible, —el señor dijo irritado.

El Guardabosque Martínez suspiró. —Espero que no hayan robado más cosas.—

Él se detuvo con los brazos llenos de sacos de dormir y la miró. —¿No escuchó nada anoche?

—¿Escuchar qué?

—Un aullido, como un gruñido. Todos están hablando acerca de eso.

El Guardabosque Martínez estaba perpleja. —Nosotros no escuchamos nada en la estación de los guardabosques. ¿A qué sonaba?

El hombre se encogió de hombros. —Nunca he escuchado algo así, y la gente está diciendo que puede haber sido… un dinosaurio.

El Guardabosque Martínez parecía que iba a comenzar a reír en cualquier momento. Pero el hombre se veía tan serio, que no pudo. —Eso es imposible. ¿Quién está diciendo eso?

—Todos. Y nosotros nos vamos. Por si acaso. —Entonces el hombre siguió caminando con sus sacos de dormir.

El Guardabosque Martínez se viró hacia nosotros. —¿Escucharon ustedes este terrible sonido anoche?

Asentimos con la cabeza. —Sonó muy extraño, —dije—. Mi hermano dice que sonaba como un T-rex en su video de dinosaurios. Creo que muchas personas han visto ese video.

Ella miró hacia el campamento donde otros dos campistas estaban empacando. —Pero los dinosaurios no existen, —susurró ella.

—¿Ya averiguó quién está robando? —pregunté.

Ella movió la cabeza lentamente. —No tengo ni una pista.

No me molesté en decirle acerca de la linterna.

Dentro de poco, todos estábamos en el coche siguiendo al Profesor Huesos en otro viaje de estudios. A Luís le tocó ir con nosotros, así que nos sentamos en la parte trasera con Karen y tratamos de entender todo lo que estaba pasando.

—Vamos a mirar las claves, —dije—. Nosotros vimos dos huellas grandes en la arena. Tenían tres dedos como un ave, pero independientemente de lo que eran, eran más grandes que un ave.

—Una señora dijo que ella vio algo allá arriba, —nos recordó Karen—. Ella vio una sombra contra la pared del cañón. Era grande y tenía el cuello largo, como un dinosaurio.

—Y un señor vio algo en la pared del cañón mientras estaba en la balsa en el río, — añadió Luís—. Él dijo que tenía el cuello largo y la cabeza pequeña que se movía de un lado a otro.

Escribí todo en el cuaderno. —Entonces anoche escuchamos el sonido. No era un lobo ni un león de montaña. No puede haber sido un T-rex. ¿Qué puede haber sido? —Cerré mi cuaderno. —Tenemos que volver allá arriba.

Antes de que Karen pudiera decir que no, la van se detuvo. —Mira eso, — dijo mamá.

—¿Cómo hicieron eso? —preguntó papá.

—Tiene que haber sido gigantes, —añadió Alex.

Todos nos salimos del coche y miramos fijamente los extraños objetos pintados a quince pies de alto en la pared del lado de la colina. —¿Quién pintó eso? —pregunté.

El Profesor Huesos llegó con la respuesta. —Estas pinturas fueron echas por los Indios Fremont que vivían en esta área alrededor de hace mil años. Las pinturas de indios hechas sobre las rocas o colinas son llamadas petroglyphs (pet-trow-glifs).

—¿Cómo los pintaron tan altos del suelo? —preguntó Karen—. ¿Eran los indios tan altos?

—No, eran personas de tamaño normal. Pero no sabemos cómo pintaron tan altos del suelo.

—Eso no es verdaderamente una pintura, ¿verdad? —preguntó papá. Él estaba mirando el arte con los binoculares. —Parece como si estuviera grabado en la superficie de la roca.

El profesor estuvo de acuerdo. —Es más esculpido que pintado. Vamos a ver más petroglyphs cuando vayamos al Painted Canon.

—¿Dónde? —preguntó Karen mientras nos montamos en el coche.

—Painted Canon, —repitió Luís—. Es inglés. Significa "Cañón Pintado".

El próximo lugar donde nos detuvimos no era un cañón. ¡Era una cueva!

—Bienvenidos a la Cueva del Susurro, —dijo el Profesor Huesos mientras nos salimos del coche—. Pensé que le gustaría ver el interior de algunas rocas así como el exterior. Esta no es una cueva típica forjada por el agua. Realmente es sólo una grieta grande en una roca grande.

Metió las manos por la ventana del coche, pero salió con las manos vacías. —Parece que he extraviado mi linterna. Estoy seguro que la tenía esta mañana. La puse en la guantera del coche junto con mi cartera. Que extraño.

Alguien le alcanzó una linterna adicional y estábamos listos para ir. Entonces Alex dijo, —Los dinosaurios no viven en cuevas, ¿verdad?

—Alex, los dinosaurios no viven en lo absoluto, —anunció Karen—. Zacarías, ve tú primero.

Descubrimientos y claves

Palabras para recordar

Petroglyph: esculpir o inscribir en una roca

Misterio del Campamento de los Dinosaurios

Dos huellas grandes en la arena. Tenían tres dedos, pero independientemente de lo que sean, eran más grandes que un ave.

Dos personas dicen que vieron algo con un cuello largo como el de un dinosaurio.

El sonido de anoche. No era un lobo ni un león de montaña. No podía ser un T-rex. ¿Qué puede haber sido?

Diez

Una historia en la arena

Claves del pasado, claves para el presente

A mí me encantan las cuevas, así que no me importó ser el primero. La grieta en la roca era más de cien pies de alto, pero se hizo más y más estrecha hasta que finalmente ni yo podía ir más hacia adentro.

No había dinosaurios adentro.

Esperé afuera en la arena y pensé acerca de todo mientras los demás terminaban explorando. Para cuando Karen y Luís salieron, ya tenía una idea.

—Miren esto, —dije mientras abría mi cuaderno—. Cuando primero llegamos aquí, el radio de alguien fue robado. Luego un par de radioteléfonos portátiles desaparecieron.

—Después la cámara de la señora, —recordó Karen—. Y tu linterna.

—Y hoy la linterna del Profesor Huesos, —terminé—. ¿Por qué robarían solamente esas cosas?

Karen se encogió de hombros. —¿Por qué era lo único que podían conseguir?

Asentí con la cabeza.

¡Y de repente Luís lo entendió! —No. Ellos podían haberse llevado la cartera del profesor y no lo hicieron.

—Y cuando se llevaron los radioteléfonos portátiles, dejaron un par de binoculares, ¿recuerdan?— Hojeé las páginas de mi cuaderno. —Y la señora de la cantera dijo que su cámara fue sacada de su bolso.

—¿Por qué no se llevó el ladrón el bolso completo? ¿O la cartera? —terminó Karen—. ¿Qué clase de ladrones son estos?

—Tal vez no son muy inteligentes, —sugirió Luís—. Puede que todavía sean los adolescentes.

Yo no estaba convencido. —Debe haber algo más. Sólo que no puedo entenderlo."

—¡Aquí vengo! —alguien gritó. De repente, Alex aterrizó justo entre nosotros. La arena voló por todas partes.

—¡Alex! —Saltó Karen mientras se sacudía la arena. —Vamos, los reto a correr hasta los coches.— Ellos salieron corriendo, levantando más arena.

El Profesor Huesos se sentó a nuestro lado mientras tosíamos y nos sacudíamos el polvo. —Esta arena me recuerda algo, —dijo—. ¿Alguna vez han tratado de subir una duna de arena?

Ambos asentimos con la cabeza. —Subí una realmente grande en la playa, —dijo Luís—. Y no sabes lo cansado que estaba cuando llegué a la cima.

—Es difícil subir cuando la arena se desliza bajo tus pies, —estuvo de acuerdo el Profesor Huesos—. ¿Y notaron las huellas que dejaron?

—Realmente no eran huellas, —respondí—. Sólo grandes cuchilladas en la arena.

El Profesor Huesos se acomodó. —Puede que estén interesados en saber que muchas huellas de dinosaurios han sido encontradas en areniscas. *Arenisca* es una capa de roca formada de arena.

—Cuando el dinosaurio caminaba sobre ella y dejaba sus huellas, era arena como esta, —dije.

Asintió con la cabeza. —Por todo el suroeste de los Estados Unidos, se pueden ver huellas de dinosaurios en arenisca. Y en la mayoría de los casos, las huellas van cuesta arriba.

—¿Y?

Él se rió. —No quiero decir que las rocas están inclinadas. Quiero decir que los dinosaurios estaban caminando cuesta arriba cuando dejaron sus huellas. Lo que es notable sobre esto es que las huellas son definidas y claras.

Luís hizo una mueca con la cara. —¿Si nosotros no podemos caminar cuesta arriba en la arena y dejar huellas claras, cómo pueden ellos?

—Eso es lo que un paleontólogo quería saber. Así que hizo un experimento. Atrapó unas salamandras y lagartos y los puso en un tanque lleno de arena. Entonces los observó. Las huellas que dejaron en la arena seca no estaban claras.

—Eso tiene sentido, —dije.

El Profesor Huesos siguió. —Así que llenó el tanque con suficiente agua para cubrir la arena. Esta vez, cuando los lagartos caminaron cuesta arriba, sus huellas eran claras y fáciles de ver.

Parpadeé. —Entonces usted piensa que cuando los dinosaurios dejaron sus huellas en la arena cuesta arriba, la arena estaba cubierta de agua.

Asintió con la cabeza. —Tal vez iban cuesta arriba para escaparse del agua. Tal vez el agua era más profunda todo el tiempo.

¡De repente! —¡Tal vez fue el diluvio de Noé! —dijo Luís.

En ese momento, Karen aterrizó junto a nosotros. Alex venía justo detrás de ella. Ya que hablábamos de la arena y las huellas, observé las de ellos. Algo no estaba correcto. —Karen, Alex, vengan acá. Déjame ver sus zapatos."

—Zacarías, ¿qué es? —preguntó Karen.

—Profesor, mire, — dije—. El zapato de Karen es más grande que el de Alex. Pero él dejó una huella más grande. ¿Por qué?

—Porque él estaba corriendo ligero y más ligero y brincó más fuerte, —respondió el profesor—. Cuando corres o brincas, añade más fuerza a tu paso y hace que tu huella sea más grande.

Luís sabía lo que estaba pensando. —Así que si un animal estaba corriendo o brincando, sus huellas pueden ser más grande que lo normal. ¿Correcto?

—Correcto, —estuvo de acuerdo el Profesor Huesos—. Y las huellas pueden estar una más lejos de la otra. Por eso es que necesitas varias huellas antes de que puedas decir algo acerca del animal.

Asentí con la cabeza. Karen asintió con la cabeza. —Definitivamente necesitamos volver a subir al cañón, —susurró Luís.

A lo largo del camino vimos el coche del sheriff estacionado a lo largo. Papá se estacionó hacia un lado y abrió la ventana. —Sheriff, ¿hay algún problema?

No, ningún problema, —respondió—. Sólo estoy mirando unas huellas de neumáticos. ¿Han visto ustedes algún camión o remolque hoy?

No, pero mantendremos nuestros ojos abiertos, —respondió papá.

Saludé al sheriff desde la ventana del coche.— ¿Todavía anda siguiendo a los ladrones de ganado? —le pregunté.

Él sonrió. —Quisiera que fueran ladrones de ganado. Ellos son más divertidos que estos.

Cuando regresamos el campamento estaba lleno de gente gritando. La mayoría de ellos estaban en el campamento donde estaba la tienda de campaña de los adolescentes. Esa tienda de campaña la estaban recogiendo de prisa.

—Sabía que eran ellos, —dijo Luís—. Finalmente alguien debe haberlos agarrado robando.

Tan pronto nos salimos del coche fuimos corriendo para allá. ¿Qué está sucediendo? —Luís le preguntó a alguien—. ¿Los van a detener?

—¿Detener? Tal vez por estar bebiendo. Se puede oler la cerveza en su aliento. ¡Pero ellos dicen que vieron una manada de dinosaurios!

Descubrimientos y claves

Claves de dinosaurios

Por todo el suroeste de los Estados Unidos, se pueden ver huellas de dinosaurios en arenisca. Estas huellas definidas y claras fueron dejadas mientras el animal caminaba o corría cuesta arriba en arena. Esto parece que sólo sucede cuando la arena está bajo agua. Así que los dinosaurios deben haber estado caminando en agua. Puede que hayan estado tratando de escapar de la inundación del Diluvio.

Palabras para recordar

Arenisca: Una capa de piedra formada de arena

Misterio del Campamento de los Dinosaurios

Lista de cosas robadas:
- Un radio
- Un par de radioteléfono portátil
- Una cámara
- Dos linternas

¿Por qué robaría un radio pero no los binoculares que estaban al lado?

¿Por qué robaría una cámara de un bolso y no la cartera?

Si un animal estaba corriendo o saltando, sus huellas pueden ser más grandes que lo normal. Así que el animal que dejó las huellas que vimos puede que no sea tan grande como habíamos pensado.

Once

Peligro en las aguas bravas

¡De repente lo comprendí!

El joven del pelo negro revolcado habló. —¡Sí los vimos! Simplemente estábamos de excursión allá arriba, ¿entiendes?— Señaló hacia arriba al lugar que habíamos explorado. —Encontramos esta roca grande y plana frente a un pequeño cañón, nos sentamos y nos tomamos unas cuantas cervezas. Entonces me puse de pie y caminé hacia el cañón. ¡De repente, escuchamos este horrible grito como un chillido de ataque!

Él no lo estaba inventando. Lo sabía por la forma en que se veía su cara que algo lo había asustando casi hasta la muerte.

—¡Entonces los pude ver, miles de ellos! —dijo con una mirada salvaje en los ojos—. Esos cuellos largos moviéndose de un lado a otro, esos ojos pequeños y brillantes que me miraban. ¡Di vuelta y corrí por mi vida!

—Diré que sí lo hizo. —Esto vino del tipo que estaba metiendo los postes de la tienda de campaña en la parte trasera del camión—. No lo alcanzamos hasta que estaba a mitad de camino.

Algunas personas estaban riéndose y otras movían la cabeza en forma negativa. —¿Le van a contar esto al guardabosque? —dijo alguien.

—De ninguna manera, —dijo el de pelo negro—. Nos vamos y no regresaremos.

En cinco minutos ya se habían ido.

Al otro día por la mañana, dos campistas habían empacado e ido. Mamá se preocupó un poco. —¿Crees que esté pasando algo peligroso? —le preguntó a papá.

—Si quieres preocuparte, —respondió a través de un **bogado** de huevos revueltos—, preocúpate acerca de sobrevivir las aguas bravas cuando vayamos en las balsas. Eso es lo único peligroso alrededor de aquí para hoy.

Papá no es exactamente amistoso con las aguas. De hecho, mientras más nos acercábamos al lugar de las balsas, más nervioso se ponía.

—Estoy pensando, —dijo mientras llegábamos al estacionamiento—, tal vez alguien debería quedarse en tierra. Por si acaso, entiendes.

—Querido, tú vas a ir, —dijo mamá suavemente—. No voy a sacar a tres niños sola al río.

—Alex, —dijo—, tal vez tú y yo debemos manejar y encontrarnos con ellos cuando salgan de las balsas.

—De ninguna manera, — dijo Alex—. Me quiero montar en las balsas.

Después de eso, papá perdió las esperanzas.

Después que nos preparamos, nosotros los niños esperamos junto al río por los adultos. Las balsas estaban amontonadas junto a una roca grande. —Me pregunto cuál es la nuestra, —dijo Karen.

—Espero que sea esta, —respondió Luís. Se movió para darle un palmazo a una balsa grande amarilla. No había alcanzado a tocarla, cuando sonó una alarma.

¡Hooooo! ¡Hooooo! ¡Hooooo!

—¿Qué es eso? —gritó Karen. Ella puso las manos sobre sus oídos.

En unos segundos, Beltrán salió corriendo del edificio y agarró una pequeña caja negra que estaba sobre la roca.

—¿Qué hacen ustedes aquí? —gruñó.

—Estamos esperando nuestra balsa, — dije—. ¿Para qué es la alarma?

—Para que niños como ustedes no las puedan robar, —dijo—. Es una alarma de sensor. La alarma suena cuando alguien se le acerca.

—No se preocupe, —dijo Luís—. Creo que los ladrones se fueron anoche.

—¿Qué? —Beltrán estaba confundido.

—Los adolescentes que estaban en el campamento, —explicó Luís—. Se fueron anoche.

—Oh, —respondió Beltrán. Entonces. —¡Qué bueno! —dijo sonriendo—. Tal vez todos ustedes se deben ir. Me dicen que es peligroso estar alrededor del campamento.

Mientras se alejaba, estaba hablándose a sí mismo. —Niños. Deberían estar dentro de una cerca con colleras.

—¿Recuerdan cuando él era agradable? —dijo Karen—. Espero que él no sea nuestro guía en la balsa. Un segundo está sonriéndose, y al otro segundo está hecho un gruñón.

Dentro de poco, alguien nos estaba explicando los procedimientos de seguridad. —Asegúrense de mantener puestos los chalecos salvavidas en todo momento. No será necesario usar los cascos excepto a través de la aguas bravas. Si se salen de la balsa, no traten de nadar. Permitan que el chaleco salvavidas los mantenga a flote y vayan río abajo pies primero.

—Tremendo, —dijo papá suavemente.

—Si caen cerca de la balsa, alguien los alcanzará y los ayudará en meterse en la balsa. Si están lejos, el guía les tirará una cuerda. La agarran y él los jalará hasta traerlos de nuevo a la balsa.

—Así espero, —murmuró papá.

—Bien, vamos, —llamó. Mientras él se metía en la otra balsa, Beltrán se metió en la nuestra.

—Ustedes dos estarán al frente, —nos dijo de la parte de atrás. Luís y yo asentimos. —Sosténganse fuertemente. Ahí es donde está la verdadera acción. Yo los llevaré hasta allí, pueden contar con eso. No se ahogarán, pero puede que se mueran del susto.

—Que suerte tenemos, —susurró Karen detrás de mí.

La primera parte del viaje fue silencioso y en paz. Flotamos por los cañones con peñascos altos a ambos lados. El Profesor Huesos señaló algo en la primera vuelta.

—¿Ven ese petroglyph? Justo debajo hay un antiguo campamento de indios. Ustedes podrán ver donde construyeron las fogatas.

Al ver los lugares antiguos de los indios me recordó de una pregunta que tenía. —Profesor, —lo llamé desde el frente—, si la gente y los dinosaurios vivieron a la misma vez, ¿no deberían de haber fósiles de ellos juntos?

—Dinosaurios y gente, —resopló Beltrán—. Incluso yo sé mejor que eso. Entonces su expresión cambió. —A menos que esos sonidos de la otra noche son de dinosaurios reales.

El Profesor Huesos lo ignoró. —Zacarías, algunas personas creen que hay lugares donde puedes ver huellas de dinosaurios y humanas en la misma roca. Pero no estoy seguro si las huellas que llaman humanas son verdaderamente eso.

—Bueno, los humanos no dejarían un hoyo tan grande en el barro como lo haría un dinosaurio. —dijo Karen—. Con razón sus huellas son tan difíciles de encontrar.

—Pero otras huellas de animales pequeños son encontrados, —dijo el profesor—. Es realmente decepcionante no encontrar pruebas de fósil de la gente con dinosaurios. Pero puede ser que Dios no nos dio pruebas por alguna razón. Puede que Él quiera que nosotros escojamos porque creemos en Él y en la Biblia.

—¿Por qué no subieron los dinosaurios al arca? —preguntó Alex.

—Tal vez algunos lo hicieron, —dijo el Profesor Huesos—. Puede que algunos de los más pequeños lo hicieron. Pero la tierra nueva no les convenía y se murieron. Dios debe haber visto que como la gente eran más pequeña y más débil, los dinosaurios grandes eran demasiado poderosos para que los humanos pudieran bregar con ellos, así que Él los dejó morir.

Para este tiempo, estábamos más adelante que las otras balsas. Estaba mirando a Beltrán cuando sacó un radioteléfono portátil grande y azul, y lo prendió. —Balsa dos, esta es Balsa una. Adelante.

Nada sucedió. Él volvió a tratar.

—Balsa dos, adelante. Oye, Ricardo, ¿estás ahí?

Nada. Movió el radioteléfono portátil y murmuró bajo su aliento.

Luís llamó mi nombre. —Zacarías.

Lo ignoré. Beltrán trató una vez más, entonces dijo, —Las pilas deben estar agotadas.

—¡Zacarías! —dijo Luís más fuerte. Lo ignoré. Por alguna razón, seguí mirando a Beltrán fijamente según abría el radioteléfono y salieron cuatro baterías.

De repente, ¡me golpeó!

Mientras me daba vuelta hacia el frente, una ola de agua blanca me golpeó en la misma cara.

—¡Zacarías! ¿Estás bien?

Chisporroteé y escupí por un segundo, pero estaba bien. —No hay problema, —le dije.

—Eso es lo que tú crees, —dijo Beltrán desde la parte de atrás—. ¡Aguas bravas, justo adelante!

Descubrimientos y claves

Claves de dinosaurios

Algunas personas creen que hay huellas de dinosaurios y personas juntas en las mismas rocas. Aunque no está claro.

Puede que Dios quiera dejar que nosotros escojamos creer la historia de la Biblia, en lugar de probarla.

Puede que Dios no haya permitido que los dinosaurios grandes hayan sobrevivido porque los humanos ya no podían controlarlos.

Misterio del Campamento de los Dinosaurios

Aquellos adolescentes dicen que vieron una manada de

Doce

No incluye las pilas

Las piezas comienzan a caer en sitio

El agua delante parecía olas a la orilla de la playa, sólo que no había ninguna arena segura donde estar de pie. Nuestra balsa flotaba como un flotador en una línea de caña de pescar, esperando que un pez grande lo arrebate y nos hunda.

—Sosténganse todos, —dijo Beltrán—, y hagan lo que les digo. Cuando yo diga «Ahora» todos van a remar con todas la fuerza que puedan.

Espero hasta que estuviéramos cerca de las aguas de espuma. Cuando nos acercamos a una ola tan alta como mi cabeza, gritó, —¡Ahora!— Nosotros remamos como loco.

Una ola arropó a Luís. —¿Todavía estás ahí? —le grité cuando el agua bajó.

—¡Estupendo! —me gritó de regreso.

Otra ola se levantó a mi lado. Me esquivé. —¡Aaaah! —gritó Karen cuando la ola se estrelló contra su cara.

De repente, el frente de la balsa bajo en el agua. —¡Ooooooooh! —grité mientras caía hacia delante. Hubiera agarrado el lado de la balsa, pero ambas manos estaban agarrando el remo.

La balsa le dio a una pared de agua y se detuvo. Yo seguí. Podía ver exactamente hacia donde iba a quedar aplastado contra una gran roca mojada.

Entonces algo me dio un tirón y caí estrellado contra mi asiento y metí mi pie bajo el cojín. —¿Estás bien? —me gritó papá en el oído.

—¡Sí! —grité para atrás—. Gracias. Y papá, ya puedes soltar mi correa.

Un par de golpes y chapoteos más tarde, íbamos flotando en aguas tranquilas. —Pensé que te perderías, —dijo Karen—. Rebotaste como una bola de goma. Que bueno que papá te agarró.

—Me lo dices a mí, —dije—. Papá, no pensé que serías tan valiente en el río.

—¿Valiente? —me empujó con su remo—. Simplemente sabía que si caías adentro, tu mamá me haría irte a buscar.

Cuando nos acercábamos al final del viaje, el Profesor Huesos señaló hacia delante. —Allí abajo es lo que llaman la Montaña Dividida. Con frecuencia, cuando un río choca con una montaña, el río sigue por un lado o por el otro de la montaña. Pero este río siguió directamente a través de la montaña.

—¿Cómo hizo eso? —pregunté.

Él se encogió de hombros. —Realmente nadie sabe cómo. Los científicos no tienen una buena explicación. Unos podrían decir que el río lentamente hizo un camino a través de la montaña. Pero el camino más fácil para el agua sería alrededor de la montaña.

—¿Cómo lo puede explicar?

Se sonrío, —Pienso que mucho de la geología es difícil de entender, a menos que crean en el diluvio de Noé.

Las balsas aterrizaron justamente en nuestro campamento. —Eso fue maravilloso, —le dijo mamá a Beltrán—. Usted debe divertirse haciendo esto repetidas veces todo el día.

Él se encogió de hombros. —Está bien. La mejor parte es, tan pronto esta balsa sea encerrada, tendré el resto del día libre. Y yo necesito descansar. Va a ser una noche larga.

Karen movió la cabeza y lo miró fijamente. —Pensé que él dijo que no hay nada que hacer por aquí de noche.

—Los adultos son extraños, —dije. No fue hasta que casi llegamos al campamento que recordé. —Karen, Luís, lo acabo de solucionar.

—¿Solucionar qué? —preguntó Karen.

—Por qué fueron las cosas robadas. Los ladrones no estaban robando radios o linternas o cámaras en lo absoluto.

Karen y Luís se miraron uno al otro. —Zacarías, ¿estás seguro que no diste contra la roca? —preguntó ella.

La ignoré. —¡Ellos estaban robando pilas!

¡De repente! —¡Eso es correcto! Todo lo que fue robado tenía pilas, probablemente el mismo tamaño de pilas. Eso es lo que necesitaban. Por eso no se llevaron otras cosas.

Asentí. —Por eso se llevaron mi linterna aunque no funcionaba. Sólo querían mis pilas doble A.

Karen recordó algo más. —¿No es esa la clase de pila que la tienda no tenía?

—Correcto, —dije—. Pero todavía no sabemos quién o por qué. ¿Quién necesita pilas doble A tan malamente que estaba dispuesto a robarlas?

Ninguno teníamos una respuesta.

Después que comimos todo lo que vimos, nos dirigimos de nuevo al cañón. —¿Qué creen ustedes que los adolescentes vieron acá arriba? —preguntó Karen.

—Quién sabe, —respondió Luís—. Cuando mi tío tomaba mucho, vio conejos gigantes color rosa en su armario.

—¡Espera! —susurré—. ¿Escucharon eso?

Escuchamos y volví a oírlo. Era el mismo sonido raspado. Y venía de arriba de nosotros. Karen comenzó a respirar más rápido. —O corremos hasta el campamento y nunca volvemos, —susurré—, o corremos hasta la cima y tratamos de ver qué es.

—Bueno, —Karen susurró—, ¿podemos votar? Oh, está bien, los seguiré.

Piedritas comenzaron a caer encima de nosotros otra vez mientras corríamos hasta la cima. Mientras más nos acercábamos, más lento corríamos. Finalmente, llegué hasta la parte de arriba. Luís y Karen venían detrás de mí sin aire.

—¡Mira! —dijo Luís casi sin aire—. ¡Ahí está!

Volvimos a escuchar el sonido raspado era una marmota removiendo rocas de su madriguera. Ellos rodaron cuesta abajo.

—Debe estar cavando una madriguera nueva, —dije, asintiendo con la cabeza—. No vamos a decirle a nadie que una rata de montaña de dos pies de larga nos corrió cañón abajo, ¿está bien?

—¿Es este el lugar? —preguntó Karen. Volvimos a buscar la huella.

—Creo que sí, —dije—. Pero todo lo que hay aquí son dos viejas huellas grandes humanas. Parece que los adolescentes pisaron encima de las huellas.

—¿Qué hacemos ahora? —preguntó Luís.

Me encogí de hombros. —Me imagino que podemos rastrear las huellas de los adolescentes salvajes. Al menos podemos hacer el intento de averiguar dónde están.

Seguimos las huellas y encontramos la roca plana frente al pequeño cañón. Karen subió encima. —Sí, este es el lugar. —Nos informó ella mientras sostenía una lata de cerveza vacía.

—Oye, Zacarías, —llamó Luís de detrás de la roca,— ¿qué es esto?

Lo encontré mirando una pequeña caja negra sentada en la grieta de la roca. —Pensé que era uno de esas alarmas de sensor, como la que usan en las balsas, —dijo él—. Pero cuando me acerque no sonó.

La recogí. No tenía ninguna clase de marcas. —¿Quién sabe? —dije, poniéndola de vuelta—. De todas formas, ¿qué haría un detector de movimientos acá arriba?

Karen inclinó la cabeza hacia el lado de nosotros. —¿Y tú, que crees? —preguntó ella.

Mi estómago hizo ruidos. —Creo que debemos regresar, —dije—. No quiero llegar tarde para la cena. Vamos a mantener los ojos abiertos por si vemos huellas en el camino según vamos.

Había acabado de meterme mi primer bocado de un gran burrito cuando mamá sacó una carta. —Mira lo que nos llegó a la estación del guardabosque, —dijo ella—. El Guardabosque Martínez la dejó hace unos cuantos minutos atrás.

Seguí masticando.

—Es una carta de tu tío Carlos, —dijo ella.

Mi boca se congeló. De repente, los últimos pedazos cayeron en lugar y el rompecabezas tuvo sentido.

—¿Raaah daaaah? ¡Raaah raaataaa maaaah!

Trece

¡Sorpresa Dino!

Las cosas no siempre son como aparecen

Luís y yo apenas tuvimos tiempo para echar un vistazo por el borde del cañón antes de que Karen y el guardabosque llegaran montados en su caballo.

—Zacarías, ¿de qué trata todo esto? Tu hermana lo hizo sonar como una emergencia.

—Lo es, —le dije a ella—. Hay algo aquí arriba que usted no lo va a creer hasta que lo vea.

Ella movió la cabeza. —No me digas que crees las historias acerca de los dinosaurios vivos acá arriba.

Karen intervino. —De verdad, Zacarías. No nos digas que realmente hay dinosaurios.

Moví la cabeza negativamente. —Ustedes no me creerían. Yo mismo casi no lo puedo creer. ¿Llamó al sheriff?

Asintió. —Lo hice, ¿pero no sé por qué?

—¿Puede decirle que nos encuentre acá arriba?

Ella lo hizo. Entonces sacudió la cabeza. —Él cree que todos estamos locos. Bien, Zacarías. Dirígenos a donde está.

Cuando aparcamos el caballo, mostré el camino de regreso a

la meseta hacia la roca plana. —Suban todos, —susurré—. Y manténganse callados. Volveré en un minuto.

Cuando subí unos minutos después, Luís estaba agitado. —¿Quieres que vaya a buscar la caja negra del lado de atrás de la roca? —preguntó—. Podemos enseñársela al Guardabosque Martínez.

—¡No! —le dije fuertemente— Es un detector de movimientos, igual como el que está en el lugar de las balsas. Pero esta vez, va a sonar.

—¿Por qué? —preguntó Luís—. Esta tarde no funcionaba.

—Ahora tiene una pila nueva, —dije—. ¡Shh! Aquí vienen.

Podíamos escuchar el camión mejor de lo que podíamos verlos sin las luces encendidas. Pero era definitivamente un camión. Y estaba jalando un remolque. —¿Qué hace un camión aquí de noche? —se preguntó el Guardabosque Martínez—. Vamos a averiguar.

—¡Espere! —le dije—. ¿A qué distancia está el sheriff?

Ella lo llamó calladamente por el radioteléfono portátil. —En unos cuantos minutos. También le dije que no encendiera las luces. ¿Ya estamos listos?

—Sólo un minuto o dos, —dije. Esperamos, entonces escuchamos las dos puertas abrir y cerrar del camión. —Hay dos de ellos, —susurré—. No podemos esperar más tiempo. ¿Están listos? ¡Miren esto!

—¿Cómo? —susurró Karen.

—Enciendan las linternas, —dije. Entonces hice rodar una piedra de la cuesta.

¡Huuuuy! ¡Huuuuy! ¡Huuuuy!

En la callada oscuridad, la alarma sonaba como una explosión. Apunté mi luz hacia el cañón. De repente, hubo otra explosión. Docenas de cuellos largos aparecieron y patas largas comenzaron a correr.

Corriendo directamente a las dos personas del camión.

—Oye, —gritó uno de ellos—, ¿qué está sucediendo? ¡Cuidado!

Con las linternas de todos sobre las criaturas que se movían, era fácil ver qué eran.

—¡Emus! —gritó Karen—. ¿Qué hacen esos emus aquí?

—¡Emus! —gritó Luís—. ¿Qué son emus?

El Guardabosque Martínez estaba muda.

Los dos hombres desaparecieron en el mar de las aves que corrían. De repente, las luces del coche del sheriff vinieron detrás del camión, y las grandes aves comenzaron a correr de regreso hacia el cañón. Agarré la alarma y le saqué las pilas.

El silencio fue roto sólo por el sonido de los emus llamándose unos a otros. Entonces se escuchó la voz de Sheriff Torres. —¿A quién tenemos aquí? —dijo mientas levantaba a uno de los hombres. —¡Beltrán! Debí haber imaginado que tú estarías envuelto en esto.

—Zacarías, ¿estás ahí? —era la voz de papá. Todos nos bajamos para encontrarnos con él.

—Papá, espera un minuto, —le grité. Corrí hasta el cañón y abrí otra caja que estaba cerca de la pared del cañón. —Si yo coloco las pilas de regreso en el control del cercado, los emus se quedarán adentro.

Mientras el sheriff encerraba a Beltrán y a sus amigos en su coche, el Guardabosque Martínez tenía una pregunta. —Zacarías, ¿cómo sabías de que había emús acá arriba?

Moví la cabeza. —Debí haberlo resuelto mucho antes. Mi tío tiene un rancho de emús en Texas y estuvo ahí justo la semana pasada. ¡Pero la primera huella que vimos era tan grande! Y con toda la habladuría de dinosaurios, no lo solucione hasta esta noche cuando recibimos la carta del Tío Carlos.

Papá se río a carcajadas. —Quiero escuchar el resto de esto, pero vamos a volver al campamento. Tu mamá estará enferma de preocupación.

Sheriff Torres se acercó detrás de nosotros. —Yo también quiero escuchar esa historia. Permíteme llamar a un diputado para que se lleve a estos dos y se encargue de estas aves, y los acompañaré. —Movió su cabeza en forma negativa. —Bandidos de emus, quién lo creería.

Catorce

Algunos favoritos de Dios

Adiós Campamento de los Dinosaurios

Es difícil creer que ya estamos a casi mitad de camino de nuestro hogar. Parece que acabé de decirle adiós a Luís y al Profesor Huesos.

¡Qué mucho entusiasmo hubo durante el último día en el Campamento de los Dinosaurios! Con mis manos alrededor de una taza de chocolate caliente, conté toda la historia.

—Por fin entendí hoy lo que verdaderamente le estaban robando a los campistas. Eran las pilas. Pero no podía entender quién necesitaría todas esas pilas.

Papá recordó. —La tienda no tenía de esas pilas. De hecho, la empleada dijo que no había ni una en todo el pueblo.

—Por eso Beltrán comenzó a robárselas, —añadí.

El Guardabosque Martínez estuvo de acuerdo. —Él siempre parecía estar alrededor cuando faltaba algo.

—Karen, ¿te acuerdas lo que dijo acerca de los niños? —le pregunté—. Él dijo que deberían encerrarlos a todos y que les pusieran collares de perros. Pensé en Wilfredo el perrito pequeño de mi vecino. Su patio tiene una verja subterránea y su collar lo ahoga si se pasa de la verja.

—Y la alarma de detector de movimientos en el lugar de las balsas no tenía alambres, —añadió Luís—. Funcionaba con pilas.

—Igual que la que había en la piedra plana, —dije—, Cuando averigüe que eran igual, me sentí seguro de que también tenían una verja que funcionaba con pilas.

—Por eso los emús tenían collares puestos, —dijo papá—. Con razón necesitaban tantas pilas.

—Eso fue lo que la señora vio esa mañana en el cañón, —dije—. Uno de los emús debe haber escapado, y ella vio la sombra del cuello largo.

—Y también el tipo de la balsa. Él vio un emú en la cima del cañón, —decidió el Guardabosque Martínez—. Él simplemente no sabía que era.

—Creo que los adolescentes no estaban tan borrachos después de todo, —añadió la mamá de Luís—. Ellos deben haber hecho que la alarma sonara y pensaron que era el llamado de un dinosaurio cazando. Y entonces todos esos emus salieron, ¡con razón salieron corrieron!

—Entonces, ¿qué fue el sonido de la otra noche? —preguntó mamá.

—Yo puede responder eso, —dijo Sheriff Torres—. Beltrán confesó que después que escuchó a la gente hablando acerca de dinosaurios reales, pensó que podía atemorizarlos para que se fueran. Así que grabó el rugido de un dinosaurio de un programa de televisión. Entonces lo tocó en las bocinas de su camión. Con todos los ecos que hay alrededor de aquí, sonaba real.

—¿Qué estaban haciendo con los emus, Sheriff —pregunté.

Él se rió. —Ellos verdaderamente eran ladrones de emus. Beltrán se metió para conseguir dinero rápido. Estos emús fueron robados en Texas y se suponía que los vendieran en Idazo. Ellos han estado escondiendo las aves aquí hasta que pudieran cruzar seguros el borde del estado.

—Al usar verjas subterráneas se hace difícil de detectar en estos cañones, —dijo papá.

Sheriff Torres estuvo de acuerdo. —Creo que siempre ha sido un buen sitio para que los bandidos se escondan.

El último día en el Campamento de los Dinosaurios, el Profesor Huesos tuvo que decirles a todos acerca de los emus y todos se rieron. —El sheriff me dijo que Beltrán tiró todos los artículos robados al río, —le informó—. Así que no creo que vayan a recobrar esas cosas. Pero espero que todos nos llevemos algo del Campamento de los Dinosaurios con nosotros cuando nos vayamos. Ni huesos o fósiles, pero un mejor entendimiento de cómo estas criaturas maravillosas fueron parte de la creación de Dios.

Cuando ya habíamos empacado y listo para irnos, él se detuvo para despedirse. —Gracias por haber venido, y gracias por hacer muchas preguntas. —Se sonrío con Karen y conmigo.

—Hay una pregunta que nunca ha contestado, —dije, abriendo mi cuaderno—. Usted nos dijo que la Biblia puede que mencione a los dinosaurios. Pero nunca nos dijo dónde.

—Bien, —dijo con una risa—, una respuesta más. El libro de Job es uno de los más antiguos en la Biblia. Algunas personas creen que fue escrito aun antes que el libro de Génesis. Puede que haya sido antes del diluvio de Noé. En Job 40, Dios está hablando con Job acerca de cómo Él creó el mundo. En los versículos 13 al 24, Él habla acerca de una criatura llamada *behemot* (be-he-mot).

—¿Behe~qué? —pregunté.

—Es sólo una palabra que significa una criatura enorme, —explicó—. Algunas personas creen que fue un hipopótamo o un elefante. Pero yo creo que describe a un dinosaurio, puede que hasta a un brachiosaur. Es más fuerte y más poderoso que cualquier criatura, pero se esconde bajo las plantas de agua. Alguna vez puedes leer sobre ello.

Yo escribí eso.

—Y, —sigui ecialmente la parte acerca de los emús.

Descubrimientos y claves

Claves de dinosaurios

Mi conclusión: Ahora pienso en los dinosaurios como parte de la maravillosa creación de Dios. Si esos versículos en Job son verdaderamente acerca de dinosaurios, entonces Dios realmente debe haberlos disfrutado. Me gusta esa idea, porque ahora creo que Dios quiere a los dinosaurios en el cielo. ¡Porque a mí sí me gustaría que estuvieran!

Peligro en el Campamento de los Dinosaurios

Componente básico espiritual: Valor

Aprende más acerca del verdadero valor y cómo te puede ayudar a enfrentar tus temores.

Piénsalo

En el campamento de enseñanza donde Zacarías y su familia están aprendiendo acerca de los dinosaurios, ha habido observaciones de criaturas extrañas, ruidos nocturnos extraños, y una erupción de robos. Muchas familias se han ido del campamento cuando el guardabosque y el sheriff no pudieron dar ninguna explicación por todos los eventos misteriosos. ¿Cómo reaccionarías tú bajo esas circunstancias? Piensa en un momento cuando tuviste temor. ¿Qué hiciste?

Hablando de eso

Habla con tus padres, el director de jóvenes de tu iglesia, o un adulto en quien confíes acerca de un momento cuando ellos tuvieron temor. ¿Qué hicieron? Pregúntale si ellos harían algo diferente hoy día, y por qué. ¿Qué ha cambiado?

Lee la historia acerca de Josué y Caleb en la Biblia (Números 13:16-33). Ellos se encontraron con gigantes, enormes ejércitos de gente, y muchas barreras naturales que parecían que iba a ser imposible para que los israelitas posesionaran la tierra. Los demás exploradores volvieron con un informe desalentador. Pero Josué y Caleb le dijeron al pueblo que la tierra era buena y que ciertamente ellos podían poseerla con Dios a su lado. De la misma manera que Josué y Caleb, Zacarías mostró valor al enfrentar sus temores. ¿Cómo puedes hacer eso en tu vida diaria? ¿Qué puede suceder si enfrentas esos temores? ¿Qué sucedería si no enfrentas tus temores? Dios promete estar con nosotros en cualquier cosa que hagamos. Dale gracias por ayudarte cuando tengas temor.